luftschacht

Als ein Witwer von seinem Arzt die Nachricht erhält, dass er nicht mehr lange zu leben hat, stellt sich ihm die Frage, wer sich um seinen erwachsenen Sohn kümmern soll – einen Jungen mit Down-Syndrom, den er über alles liebt. Ohne einen Ausweg zu wissen und mit dem Wunsch, auf einer letzten Reise das Land zu sehen, meldet sich der Mann als Volkszähler bei einer mysteriösen Regierungsbehörde und verlässt mit seinem Sohn die Stadt.

Auf ihrer Reise durch Städte, die nur nach aufsteigenden Buchstaben des Alphabets benannt sind, begegnen der Mann und sein Sohn einer großen Bandbreite menschlicher Erfahrungen. Während einige Leute sie in ihren Häusern willkommen heißen, bleiben andere misstrauisch. Als sie an den Rand der Zivilisation vordringen, wird die Landschaft wilder, die Orte liegen weiter auseinander und sind vom industriellen Verfall gezeichnet. Als sie sich „Z" nähern, muss sich der Mann eine Reihe von Fragen stellen: Was ist der Zweck der Volkszählung? Ist er mitschuldig an ihrer Mission? Und wie wird er lernen, sich von seinem Sohn zu verabschieden?

Zensus ist ein mysteriöser und aufrüttelnder Roman über den freien Willen, die Trauer, die Macht der Erinnerung und die Wildheit der elterlichen Liebe.

JESSE BALL wurde in New York geboren. Er ist Autor von sechzehn Büchern und seine Werke wurden in mehr als ein Dutzend Sprachen übersetzt. Er ist Mitglied des Lehrkörpers der School of the Art Institute of Chicago, hat den Plimpton Prize for Fiction der Paris Review gewonnen und stand auf der Longlist für den National Book Award. Er wurde von Granta als einer der besten jungen Romanautoren ausgezeichnet und war Stipendiat der NEA, Creative Capital und der Guggenheim Foundation.

ALEXANDER LIPPMANN, *1978 in St. Pölten. Lebt und arbeitet als Autor, Musiker und Übersetzer aus dem Englischen in Wien.

Jesse Ball

Zensus

Aus dem amerikanischen Englisch von Alexander Lippmann

Luftschacht Verlag

Titel der amerikanischen Originalausgabe: Census

ISBN 978-0-06-267613-9
Published by Ecco – An Imprint of HarperCollinsPublishers
195 Broadway, New York, NY 10007.

Alle abgedruckten Fotos stammen aus der Privatsammlung des Autors.

luftschacht.com

1. Auflage Oktober 2022

Umschlaggestaltung: Matthias Kronfuss studio – *matthiaskronfuss.at*
Übersetzung: Alexander Lippmann
Lektorat: Teresa Profanter
Satz: Paul Frenzel
Gesetzt aus der Metric und der Noe.
Druck und Herstellung: Finidr s.r.o.
Papier: Munken Print Cream 90 g/m2, Surbalin glatt 115 g/m2

ISBN: 978-3-903422-09-4
ISBN E-Book: 978-3-903422-10-0

Der Verlag dankt Moritz Müller-Schwefe für die nachdrückliche Empfehlung von Jesse Ball.

In erwachsener Verbundenheit für Abram Ball.

Für Abram Ball

Mein Bruder Abram Ball starb 1998. Er war vierundzwanzig Jahre alt und hatte das Down-Syndrom. Zum Zeitpunkt seines Todes war er schon jahrelang an ein Beatmungsgerät angeschlossen, war seit Jahren querschnittgelähmt, war Dutzende Male operiert worden. Sein Unglück war kompliziert, aber sein großartiges, wundervolles Naturell veränderte sich nicht. Er war älter als ich, wenn auch kleiner, und ich habe viele Stunden an seinem Bett im Krankenhaus verbracht.

Aber vor dieser Zeit, als wir beide Kinder waren, als er noch gehen und spielen konnte, wusste ich, obwohl ich noch jung war, dass ich mich eines Tages um ihn würde kümmern müssen, dass ich eines Tages sein Begleiter sein würde, und dass wir miteinander leben würden, glücklich miteinander leben könnten. Als Kind ging ich diese Verpflichtung in meiner Vorstellung ein und sie wurde ein Teil von mir. Ich entwarf verschiedene Szenarien, wie das aussehen könnte. Als Junge machte ich mir sogar Sorgen, ob ich eine Partnerin finden würde, die mit mir und meinem Bruder leben wollen würde.

Vergangenen Monat kam mir der Gedanke, dass ich gerne ein Buch über meinen Bruder schreiben würde. Ich war immer der Meinung, und bin es noch, dass Menschen mit Down-Syndrom nicht wirklich verstanden werden. Was ich in meinem Herzen fühle, wenn ich über ihn und sein Leben nachdenke, ist so gewaltig, so strahlend, dass ich mir dachte, ich müsse ein Buch schreiben, das Menschen dabei hilft zu verstehen, wie es ist, wenn man einen Jungen oder ein Mädchen mit Down-Syndrom kennt und liebt. Es ist nicht so, wie man sich das erwarten würde, und es ist nicht so, wie das üblicherweise dargestellt und erklärt wird. Es ist etwas anderes, etwas, das sich davon unterscheidet.

Aber es ist nicht einfach, ein Buch über jemanden zu schreiben, den man kennt, noch dazu, wenn er schon lange tot ist, wenn die Erinnerung an ihn sich wie ein niedergetrampelter Garten anfühlt. Ich wusste nicht genau, wie ich das anstellen sollte, bis mir klar wurde, dass ich ein Buch schreiben würde, das einen Hohlraum enthält. Ich würde ihn in der Mitte platzieren und größtenteils um ihn herumschreiben. Auf diese Art wäre er darin enthalten.

Als Kind hatte ich mir vorgestellt, dass die Beziehung, die ich mit meinem erwachsenen Bruder haben würde, der Beziehung eines Vaters zu seinem Sohn sehr ähnlich wäre, also beschloss ich, ein Buch über einen Vater zu schreiben, der, im Angesicht seines Todes, mit seinem erwachsenen Sohn verreist. In diesem Buch, in der Handhabung der Details, in und zwischen den Wörtern, würde ein Porträt von Abram entstehen als Sohn, ein Porträt, das auch anderen erlaubt zu sehen, wie ein solcher Junge ist oder sein kann.

Auf diese Weise war es mir in einem gewissen Sinn möglich, wieder in die Welt aus Gedanken und Ideen einzutreten, die ich als Kind hatte – und die ich gerade erwähnt habe: dass ich mich eines Tages um ihn kümmern würde und wie das dann wäre. Ein Leben dauert lange, und wir sind Viele, in unterschiedlichen Gestalten, unter verschiedenen Umständen, aber etwas an uns bleibt gleich, und was ich als Junge gefühlt habe, fühle ich auch jetzt noch – eine traurige und kraftvolle Sehnsucht nach einer Zukunft, die nie gekommen ist, mit all den damit verbundenen Sorgen und Ängsten.

Ich denke, dass einige von euch auf diesen Seiten eigene Erfahrungen wiedererkennen werden. Ich hoffe, dass sie andere dazu anspornen, neue Erfahrungen zu machen.

ZENSUS

A

Als ich mich umdrehte, um meine Schaufel gegen das rostige Grau des Wagens zu lehnen, fiel mein Blick hinunter in das Grab, das ich ausgehoben hatte, und dort sah ich, entlang der Oberfläche beziehungsweise entlang der Wand, in zitternden Wurzeln, den Pfad, den ich in den vergangenen Monaten bereist hatte, um den Zensus in die entlegensten Bezirke zu bringen. Wie zufällig folgte mein Blick den feingliedrigen, roten Wurzeln weit, weit nach unten ins Grab, erst links, dann links, dann links, dann links, dann rechts, dann links, dann links, dann rechts, dann links, dann links und stets nach unten. Es war, als könnte ich meine Hand auf dem Lenkrad spüren, als ich auf diesen Straßen unterwegs war, die die Felder umgaben, und ich fühlte mich beinahe in die Person zurückversetzt, die ich einst war – jemand, der mir ähnlich ist, den ich vielleicht gekannt haben könnte, jemand, der zu mir unterwegs ist, der tatsächlich wie ein Pfeil auf mich zurast, auf mein Herz und auf die Stelle, an der ich jetzt stehe. Hatte ich ihn gekannt? Wer kann schon von sich behaupten, über seine eigene Erscheinung, seine eigenen Ideen jederzeit Bescheid zu wissen? Und doch kehren wir wieder und wieder in uns selbst zurück – es muss ein Wiedererkennen geben, irgendetwas noch so Unbedeutendes. Muss es das?

Für mich, ich kehre zu mir zurück, ich kehre zurück und was ich finde ist – das, was mich umgibt. Die Hügellandschaft, die ich betrachte – sie setzt sich ohne Unterbrechung in meinem Inneren fort. Da ist so wenig in mir, das jetzt zu einem Schrei anheben kann.

Ich warte, und während ich warte, kreisen die Bilder – meines Lebens, meines Sohnes, der letzten Tage. Alles Weitere ist trüb und wird immer trüber, auch wenn manchmal etwas Klares durchkommt, etwas Klares, das den Rahmen sprengt und dann, vielleicht besonders dann, vergesse ich, wer ich bin und wann.

Wer kann die Leere verstehen? Wir sind als Menschen so voller Sehnsucht; was leer ist, entzieht sich uns. Leer zu sein, eine Leere im Innersten zu umfassen, muss ein Talent sein – man muss es haben, muss es wohl von Anfang an haben. Ich hatte es stets.

Zu meiner Zeit hatte ich Dinge gelesen, Dinge wie:

Ein Volkszähler muss – mehr als alles andere – nach Leere streben, sich sogar nach ihr sehnen.

Die Tatsache, dass wir unsere Eindrücke, die Szenen, in denen wir auftreten, allein durch unsere Anwesenheit trüben –, das ist etwas, von dem die Volkszähler vorsichtig, sogar behutsam vorgeben, es nicht zu wissen. Wüssten wir es, wir könnten unser grundlegendstes Vorhaben noch nicht einmal beginnen. Für uns ist der Zensus eine Art Kreuzzug ins Unbekannte. Jemand nannte es einst, *mit einer Laterne in das Unwetter gehen.* Mit einer Laterne in das Unwetter gehen – ich habe diese Worte schon oft vor mir hergesagt, aber für mich ist das Gefühl dabei nicht heroisch, eher komisch. Ein Volkszähler hat etwas Hilfloses. Die Grenzen dessen, was getan werden kann, sind klar. Vielleicht zieht aber auch genau das die Menschen an, die diese schreckliche und absolut undankbare Arbeit machen. Denn egal, welchen Nutzen sie zu haben scheint, es kann darin keinerlei Sinn liegen, schon gar nicht in einem kleinen Teil dieses unfassbar großen Unterfangens. Meine verstorbene Frau würde mich auslachen, wenn sie mich dabei sehen könnte, wie ich mich in einem alten Mantel den Häusern nähere. Aber ich fühle sie noch immer, die Wärme der kleinen Laterne, den Sturm des Unwetters.

Es war vor allem mein Sohn, der mich auf diese Arbeit vorbereitet hat, der mir, nicht durch seine Worte, sondern durch seine alltäglichen Handlungen gezeigt hat, dass wir einander von Natur aus ein Maßstab sind, dass wir einander jeden Moment gegenseitig vermessen. Das war jener Zensus, den er mit seiner Geburt begann, den er bis heute fortsetzt. Es war sein Zensus, der zu unserem geführt hat, dazu, dass wir den Zensus aufgenommen haben, zu unserer Reise in den Norden.

Durch sein Leben, seine Art zu denken, wurde die Arbeit als Volkszähler überhaupt erst denkbar, sogar unausweichlich.

Aber davor, bevor ich überhaupt das Büro betreten konnte, um Volkszähler zu werden, erhielt ich eine Nachricht, nicht über den Zensus, nicht über etwas Bestimmtes, sondern im Gegenteil: über alles, eine Nachricht über alles. In gewisser Hinsicht traf ein Bote ein, der mir einen Umschlag übergab, und in diesem Moment wusste ich, dass ich bald sterben würde. Bei anderer Betrachtung, so würde es wohl von außen betrachtet wirken, ging ich einfach meinen Geschäften nach, sprach mit einer Krankenschwester in meiner Praxis, stehend, im Gang gestikulierend. Als Nächstes lag ich auf dem Rücken in einem Untersuchungszimmer und betroffene Gesichter schauten mich an, als würden sie mich zum ersten Mal sehen.

Ich ging zu einem Arzt, einem meiner Freunde, der mich untersuchte. Er stocherte herum, stieß hinein, schaute missmutig.

Er sagte, ich könne mich Tests unterziehen, aber ich denke, wir wissen beide, was das Ergebnis wäre.

Er lachte. Das war seine Art.

Wir saßen eine Weile da und schließlich klopfte er mir auf die Schulter.

Aber dein Sohn, was wird er tun? Würde ihn jemand aufnehmen? Wer wäre das? Würde er in ein Heim kommen?

Die Art, wie er *Heim* sagte, war furchtbar. Ich schüttelte den Kopf.

Ich sagte, es gebe da eine Frau, die ich kenne und die mit mir und meiner Frau eine Vereinbarung getroffen habe. Sie habe versprochen, auf meinen erwachsenen Sohn aufzupassen und sich um ihn zu kümmern, sollte mir oder meiner Frau etwas passieren. Sie lebe nur ein Stück die Straße hinunter, sei unauffällig, nicht beeindruckend, sanft, großartig.

Ich verließ den Raum, er brachte mich zur Tür und hielt inne. Er richtete meinen Kragen und nickte sich selbst zu.

Ich glaube, du solltest aufhören zu arbeiten. Ich glaube, du solltest irgendwohin gehen, wo es trocken ist, irgendwo in der Nähe von Z. Die Reise würde dir guttun. Denk darüber nach. Es gibt keinen Grund, dort zu sterben, wo man gelebt hat. Das ist nicht ehrenhafter.

Ich holte meinen Sohn von dort ab, wo er gerade war, von den Leuten, bei denen er war. Sie wussten nicht, was passiert war. Ich sagte ihnen, dass wir eine Reise unternehmen würden, dass mein Sohn eine Weile nicht kommen würde. Sie machten eine große Sache daraus, dass er verreisen werde, wie schön es sei, eine Reise zu machen. Er freute sich darüber, war zufrieden. Er zeigte mir etwas, das er aus Stöcken gebaut hatte. Ich sagte ihm, dass es mir gefalle, und fragte ihn, was es sei. Er fand es nicht gut, dass ich es nicht erkannte. Unser Haus, sagte er. Natürlich, sagte ich, natürlich ist das unser Haus, ich habe es nur falsch angeschaut.

Als wir zurück nach Hause kamen, ging ich durch die Zimmer, von Zimmer zu Zimmer. Ich dachte, jetzt werde ich nicht mehr hier leben. Selbst mein Sohn würde nicht mehr hier leben. Eigentlich kann jetzt niemand mehr hier leben.

Ich ließ meinen Sohn für eine Stunde allein und ging die Straße hinunter.

Du siehst wirklich aus, als würdest du bald sterben, sagte sie. Ich hätte nie gedacht, dass du deine Frau überlebst.

Das habe ich, sagte ich.

Aber nur knapp.

Ich werde eine Reise machen, sagte ich. Ich werde für den Zensus nach Norden gehen. So haben wir etwas zu tun, eine letzte gemeinsame Zeit, eine Bestimmung, die so viel Sinn hat wie möglich, ohne dabei irgendeinen Zweck zu erfüllen. Ich kann mit meinem Sohn zusammen sein. Wir sehen die gleichen Dinge und können sie gemeinsam anschauen. Ich halte mich nahe an der Zugstrecke, und wenn sich die Dinge zum Schlechten wenden, wird mein Sohn zurückreisen. Ich sende dir eine Nachricht, damit du weißt, dass du ihn vom Zug abholen kannst.

Sie sagte, dass sie das nicht so planen würde, aber sie verstand, warum ich es auf diese Art machen wollte.

Eine letzte Reise, mein Sohn und ich. Und vielleicht werde ich wieder gesund.

Das könnte sein, sagte sie.

Ich begann darüber zu sprechen, wie man sich um meinen Sohn kümmern muss, über bestimmte Tatsachen, über bestimmte Bedürfnisse.

Das weiß ich alles.

Bitte lass es mich trotzdem sagen.

Du kannst es sagen, wenn du willst, aber ich weiß es schon. Ich kümmere mich um ihn, keine Sorge. Es wird so sein, wie es früher war, was auch immer das gewesen ist.

Ich weiß, du hast meine Frau nicht gemocht, begann ich.

Dein Sohn wird bei mir leben, nicht deine Frau, dem Himmel sei Dank. Keine Sorge.

Am nächsten Morgen ging ich in das Büro des Zensus. Ich war lange dort und ich verließ es mit einem neuen Auftrag, einem neuen Beruf.

Meine Frau und ich wollten uns immer auf den Weg machen. Warum machen wir uns *nicht auf den Weg?*, sagte sie immer. Aber irgendwie kam es nie dazu. Auch wenn mein Sohn in gewissem Sinn der beste Grund war, sich auf den Weg zu machen, verhinderte er auch, dass wir uns auf den Weg machen konnten. Sei es, wie es sei, solange meine Frau lebte, hatten wir uns nicht auf den Weg gemacht, und konnten es auch nicht. Gleich nach ihrem Tod hatte ich allerdings das Gefühl, dass mir nichts anderes mehr übrig blieb, als mich auf den Weg zu machen. Es scheint, als wäre es mir bestimmt, einen Weg zu finden, und der Zensus war so eine Möglichkeit, ein klarer Pfad, der nirgendwohin führte und dann nirgendwohin und dann nirgendwohin und dann nirgendwohin. Plötzlich erschien es mir offensichtlich: Ich konnte Volkszähler werden und mein Sohn und ich würden uns auf den Weg machen und es gab keinerlei Hindernisse.

Ich holte meinen Sohn und wir gingen zum Haus, wir ließen das Haus hinter uns, wir machten uns auf den Weg.

Ich fühlte mich schwach. Allerdings fühlte ich mich seit Jahren schwach. Ich habe weitergemacht, habe weitergearbeitet, auch wenn ich vielleicht nicht mehr als Arzt hätte praktizieren sollen, weil ich meinem Sohn ein schönes Haus erhalten wollte, mit schönen Dingen. Seit seiner Geburt hatte sich mein Leben, das Leben meiner Frau um ihn gebogen wie ein Schild.

Er seinerseits lebte ohne Bedauern. Es ist schwer zu glauben, dass einem jemand, der ohne Bedauern lebt, etwas schuldet. Was man für diese Person tut, tut man für sich selbst, ist es nicht so?

B

Die Menschen kamen oft aus ihren Häusern, um uns zu begrüßen. An diesem ersten Tag, auf dem Land in der Nähe von B, passierten wir die Außengrenze des Kreises, der, so konnte man vermuten, schon erledigt war, der bereits abgearbeitet worden sein musste – ein Kreis, den ich im Büro auf einer mehrere hundert Fuß großen Karte gesehen hatte; wir hatten die Grenze überschritten – also war es Zeit zu beginnen. Ich bog von der Straße ab und rumpelte über einen schmalen Weg zu einem hohen Haus, einem Haus, das über einem einzelnen, lang gezogenen Feld thronte. Auf der anderen Seite lag ein See und dahinter war der Waldrand. Unser Auto machte beträchtlichen Lärm und das konnte man auch als Vorteil betrachten – zu keinem Zeitpunkt unserer Reise war unsere Ankunft für irgendjemanden eine Überraschung.

Wie gesagt, kamen sie zusammen aus dem Haus, ein Mann und eine Frau. Die Leute kommen recht schnell auf einen zu, nicht wahr? Und dann bleiben sie in der Entfernung stehen, die sie für sicher halten – aber es ist nie dieselbe Entfernung. Ich zeigte ihm meine Dokumente und der Mann lachte. Er zog sein Hemd hoch und zeigte mir die Markierungen. *Das da, der neunte Zensus, und diese hier der achte, und das da der siebente. Beim sechsten und fünften war ich auf Erkundungstour – noch nicht mal in der Nähe, und beim vierten war ich noch nicht auf der Welt.*

Auch seine Frau trug die Markierung und ich dankte ihnen; wir wollten uns schon auf den Weg machen, aber das ließen sie nicht zu. Wir sollten doch noch mit ihnen Tee trinken, und dabei lernte ich, wenn auch nicht direkt etwas über den Zensus selbst, so doch über das Geschäft des Zensus. Folgende Dinge gehörten dazu: mit einer Tasse am Fenster eines Bauernhauses sitzen und durch ein Fenster auf einen lang gezogenen See schauen, wo sich eigentlich Vögel drängen müssten, auch wenn gerade keine zu sehen sind. In der Ferne ein schmaler Streifen des Mondes. Eine Wolke zog vorbei. Mein Sohn war im Nebenraum mit ein paar Dingen beschäftigt, die sie für ihn gefunden hatten, aber als ich meinen Tee ausgetrunken hatte, verabschiedeten wir uns und machten es uns wieder im Auto bequem.

Wie viele Besuche sollte man an einem Tag schaffen? Wie viele Meilen sollte man reisen? Bei dieser Art von Arbeit gibt es keine klaren Antworten. Wir gehen, wohin wir gehen können, tun, was wir tun können, und stellen sicher, dass unsere Kraft nicht schwindet. In dieser Nacht fanden wir ein Motel – in der Nebensaison stand es völlig leer. *Ich kann euch nicht dazu zwingen zu bezahlen*, sagte der Besitzer. *Nicht wenn ihr im offiziellen Auftrag hier seid.*

Er war der Erste, den ich tätowierte, indem ich die Markierung auf die korrekte Rippe setzte. So wussten wir, ob jemand schon gezählt worden war. Manche sagen, der Zensus sei barbarisch, und führen das als Beweis an. Aber hatte ich nicht selbst einem Volkszähler bei vergangenen Zählungen erlaubt, mich zu markieren, und meinen Sohn, und meine Frau?

Jeder Zensus hat seine eigene Form und muss auf der vereinbarten Rippe platziert werden. Kann sein, dass es hier eine Redundanz gibt, aber nicht jeder Volkszähler ist Arzt und vielleicht hatte man Angst davor, dass die falsche Rippe ausgewählt werden könnte. Ich denke, dass jeder Volkszähler dazu in der Lage sein sollte, die dritte oder vierte Rippe zu finden, aber gleichzeitig habe ich bei den Gesprächen, die ich als Bürger mit den Volkszählern geführt habe, die Erfahrung gemacht, dass es sich dabei oft um unachtsame Dummköpfe handelt. Meine Frau sagte immer, die machen das nur, weil sie sonst nichts zu tun haben, nichts, wonach sie streben. Dieser Scherz lastete schwer auf mir, als ich diesen Job annahm, weil er für mich eine Art Tod signalisierte. Würde ich den Zensus immer weiter hinaustragen? An welchem Punkt würde ich damit aufhören?

Gerhard Mutter, allem Anschein nach ein Mann, tatsächlich aber der Künstlername von Lotta Werter, die als Bürgermeisterin einer Stadt in der Nähe von Stuttgart ein öffentliches Amt bekleidete, schrieb zeit ihres Lebens zwanghaft über Kormorane. Für sie hatte alles mit diesen Tieren zu tun. Ganz gleich, welche Prinzipien sie tagtäglich entdeckte, alle waren sie mit diesen dunklen, flinken Augen, mit diesem flüsternden, wilden, ungreifbaren Eintauchen verschlungen. Es muss schrecklich sein, schreibt sie, wieder und wieder, in den immer gleichen Worten (sie verwendet immer wieder dieselben Sätze – bis es aufhört, ein Selbstplagiat zu sein und als Refrain betrachtet werden muss), es muss schrecklich sein, schreibt sie, ein Fisch zu sein und zu wissen, dass dich ein Kormoran im Blick hat. Nicht zu sterben ist schrecklich, meint sie. Es ist einfach schrecklich, belauert zu werden und der Gefahr damit hilflos ausgeliefert zu sein. Egal, wie weit der Fisch auch schwimmt, er kann sich nicht retten. Sobald der Fisch bemerkt wurde, bleibt ihm nur mehr ein Moment der Gnade, der, quälend langsam, durch das Bajonett des Schnabels beendet wird.

Als ich mich einem Haus auf der Hauptstraße sechs Meilen nach B näherte, beschlich mich das Gefühl, dass auch der Zensus eine Art von Lauer darstellt, und – sollte das der Fall sein – was ist dann der Schnabel, wann kommt der Schnabel ins Spiel, und was ist, unter Berücksichtigung des Schnabels, die Natur der gewährten Gnade? Lotta Werter war dafür bekannt, dass sie eine dunkle Fellmütze trug, die sie, nach allem, was bekannt war, niemals abnahm. Einer ihrer Biografen hat einen Witz festgehalten, den sie erzählte: *Das ist meine Perücke* oder *Das ist eine Perücke* oder *Ich trage eine Art Perücke*. Das sagte sie oft über ihre dunkle Fellmütze, die in

Wahrheit eine aus einer ganzen Reihe von Fellmützen war, die sie in einem Geschäft in Stuttgart gekauft hatte. Offenbar handelte es sich immer um Seehundfell. Diese Tatsache wird auch durch eine Seite in den *Gold-Teichen* untermauert, wo sie schreibt: *Der Seehund ist eine Entsprechung des Kormorans, aber wo sich der Kormoran in Geduld übt, ist der Seehund ständig damit beschäftigt, seinem Vergnügen nachzujagen, und er wird deshalb, im Lauf von tausend Jahren, verschwenderisch.* Was ist nun aber die Bedeutung des Tragens dieser Seehundfellmütze? Eine revidierte Biografie zieht dies überhaupt in Zweifel. Offenbar gab es in Deutschland zu dieser Zeit gar keine Seehundfellmützen. Solche Mützen waren immer aus Nerz. Wie auch immer, es gibt jedenfalls ein Gemälde, das ich schon oft in der Staatsgalerie Stuttgart betrachtet habe, von einem Kormoran, der in einem Baum hockt, eingefroren in dieser unauslöschlichen Haltung. Der gewaltsame Akt des Kormorans ist in die Bäume und das Wasser eingeschrieben – eingeschrieben sogar, so könnte man sagen, in die Fische, die unten schwimmen.

Die Frau, die zur Tür kam, war ungefähr fünfunddreißig und trug ein weites, ärmelloses Kleid. Sie hieß meinen Sohn und mich willkommen und wir saßen wie drei Verschwörer in ihrem Salon, die Köpfe zusammengesteckt.

Wie kann es sein, dass drei Leute plötzlich miteinander lachen können, über alles, das gesagt wird? So waren wir – unerbittlich angezogen von zügelloser Freude –, um dann dankbar an ihren Rändern entlangzuwirbeln. Sie beantwortete meine Fragen. Sie war dem Zensus noch nie begegnet – ich war sein erster Bote, also markierte ich sie, bevor wir sie verließen. Sie öffnete ihr Kleid: etwas, das eine gewöhnliche

Person vielleicht verwirren oder besorgen könnte, aber für mich, der ich Arzt gewesen war, war das ganz normal. Ich fand die Rippe und setzte die Markierung. Sie sagte etwas – sie erzählte eine Geschichte, und zwar davon, dass ihr Haus einst von einem Mann ausgeraubt worden war, den sie kannte. Sie befand sich zu diesem Zeitpunkt in ihrem Haus und stand hinter den Vorhängen. Als die Einbrecher durch die Räume gingen, Dinge an sich nahmen, redeten sie miteinander über das Haus und über sie. Sie kümmerte sich nicht um die Dinge, die die Einbrecher mitgehen ließen. Sie verfügte über eine Erbschaft und benötigte nicht viel. Alles, was sie benötigte, könnte sie sich wieder kaufen und der Aufwand würde ihr vielleicht sogar Freude bereiten. Aber, und darum ging es: Die Einbrecher reden zu hören, zu hören, wie sie ihre Sachen betrachteten und darüber sprachen – das fand sie entzückend. Sie sagte, dass sie beinahe laut losgelacht hätte.

Als der Mann sie den anderen beschrieb und sie sich vorstellen konnte, wie die Männer sie mit dem Haus und den Besitztümern in Verbindung brachten, überkam sie ein Kichern – sie hatte sich in diesem Schwellenraum wohl angemessen eingerichtet. Bis heute hat es mich nicht losgelassen, sagte sie. Als wir fortgingen, küsste sie meinen Sohn auf die Wange und umarmte mich ungestüm. Ich glaube, dass irgendwann einmal etwas Schreckliches mit ihrem rechten Arm geschehen sein muss, aber sie sprach nicht darüber. Auf den Fotografien neben der Tür war sie, wie sie es ausdrückte, *eine Braut, und darauf bin ich eine Braut, und darauf eine Braut, und hier ein Kind und darauf eine Witwe. Aber du bist ja selbst Witwer, du erkennst mich auf diesem Bild, egal wie dunkel meine Kleidung ist.*

Das ist ein Beispiel für den perfekten geistigen Gleichklang, in den wir drei gerieten. Ich musste nur durch die Tür treten, mich nur vorstellen und meine Papiere vorweisen, und dann passierte so etwas. Es wurde mir erst später klar – als wir schon wieder unterwegs waren, und ich über die Begegnung nachdachte –, aber während wir uns an ihrem Tisch im Salon zusammengekauert hatten, griff sie nach meiner Hand, und mich überkam kein Schauer, und mein Sohn, er umfasste ihren verkümmerten Arm. Es gibt nichts, das nicht natürlich sein kann.

Die unterschiedlichen Gegenden der Schweiz nennt man Kantone. Für mich hat das immer reizvoll geklungen. Als Kind dachte ich, was für erlesene Dinge müssen es sein, die sich in diesen Kantonen zutragen. So manch einer verfügt über eine seelische Verfassung – so wie ich –, der alles Fremde wundervoll, alles Heimische ermüdend erscheint. Ich habe beim Lesen oft versucht, die Welt mit den Augen derjenigen zu betrachten, für die noch das Vertrauteste Anlass endloser Tagträume ist. Ich weiß, dass das geht. Ich habe es so oft gesehen! Aber diese Wende – irgendwo ist da eine Wende, und ich kann diese Wende nicht nachvollziehen, wenn man mir nicht dabei hilft.

Meine Frau sagte immer, alles Fleisch setzt sich fort. Damit meinte sie, alles Fleischliche könne andere fleischliche Dinge spiegeln, könne auf bestimmte Art fühlen, was jenes fühlt, und dass es manchmal sogar möglich sei, jemand anderen von dem zu überzeugen, was man selbst fühlt.

Der Mauteintreiber an der Brücke von B nach C, er kannte sie, meine Frau. Ich konnte es kaum glauben. Er hatte sie auftreten gesehen. So war es dazu gekommen: Wir hielten den Wagen an und näherten uns dem Mauthäuschen zu Fuß, was im Nachhinein seltsam war und den Mauteintreiber sicherlich aufmerksam werden ließ. Trotzdem begann unsere Unterhaltung freundlich und ging auch so weiter. Ich erklärte, was wir taten. Als Mauteintreiber hatte er das Gefühl, wie er es ausdrückte, dass wir im gleichen Gewerbe waren, und er machte da gerne mit, auch wenn er manchmal unterbrechen musste, um die Maut einzuheben. Werdet ihr die auch ansprechen?, fragte er und bezog sich dabei auf die Passanten. Vielleicht besuchen wir sie in ihren Häusern, sagte ich. Und wenn sie weit weg wohnen? Wohin sie auch gehen, dort werden wir sie irgendwann auch finden. Wir haben keine Eile.

Ich zeigte ihm meine Papiere, auf denen er den Namen meiner Frau sah, der, und das stimmt, seltsam ist. Er sagte ihn laut, den Namen meiner Frau. Sie war meine Frau, sagte ich zu ihm.

Ja, aber war sie das? Ist sie …

Ja, sie ist die Frau, an die du gerade denkst.

Er erzählte uns, meinem Sohn und mir, wie er sie im Großen Theater von Weinau gesehen hatte. Das war, bevor wir uns kannten, sagte ich. Sie hatte schon damit aufgehört, als wir uns trafen. Dem Mann entkam ein bellendes Lachen, als er sich an das Große Theater in Weinau erinnerte, als er sich an die Vorführung meiner Frau erinnerte.

Ich war sehr still, ich wartete darauf, ob er mehr erzählen würde, aber er sagte nichts, er starrte mich an und lächelte und lächelte. Und dann lächelte er wieder. Er schloss seine Augen. Dann öffnete er sie wieder. Mein Sohn und ich warteten, an das billige Holz des Mauthäuschens gelehnt. Auf dem Boden war ein Haufen Scheiße – wahrscheinlich von einem Hund. Mein Sohn betrachtete den Haufen – dort hatten sich so viele Fliegen versammelt wie Engel auf dem Kopf einer Stecknadel.

Der Mauteintreiber bewegte seinen Mund, bereitete sich darauf vor, uns an seinen Gedanken teilhaben zu lassen. Er hatte eine Angewohnheit, die so manchen zu eigen ist – die Zuhörer vorzubereiten, indem er ihnen die scheinbare Schwierigkeit klarmacht, überhaupt etwas zu sagen.

Aber, wie war es denn?, fragte ich schließlich.

Ich hatte, so erzählte er mir, von ihrer Clownerie gehört. Zu dieser Zeit war sie sehr bekannt. Erst hatte niemand je etwas von ihr gehört – absolut nichts –, und dann war sie ganz plötzlich sehr bekannt. Ich war gerade frisch verheiratet, erklärte er, und lebte über dem Geschäft, in dem ich arbeitete. Wir hatten sehr wenig Geld oder Zeit. Wir hatten noch nicht einmal die Garderobe, um uns in der Öffentlichkeit zu zeigen. Das Gesicht des Mauteintreibers enthielt schon den Inhalt seiner Rede. Du warst ja auch mal jung, oder? Du weißt, wie das ist. Aber trotzdem war mir klar – ich musste mit meiner Verlobten dahin. Aber die Vorführung war kostenlos. Sie war immer kostenlos – wie sich herausstellte, bestand deine Frau darauf. Ich wusste, dass sie ein Clown war, aber welche Art – das war mir nicht klar, bis heute nicht. Weißt du es denn? Ich bezweifle es. Ihr Auftritt war verblüffend. Ihre Nachahmung des Lebens war …

Er rutschte hin und her.

Ich glaube, ich hatte das alles schon längst vergessen, sagte er. Ich habe seit Jahren nicht mehr daran gedacht – und da ist es wieder. Da ist es wieder, sagte er.

Er wartete.

Ihre Darstellungen waren lebendiger als alles, was ich mit meinen eigenen Armen, meinen eigenen Beinen aufbringen konnte. Es war beinahe furchteinflößend. Ich meine – man wundert sich doch über den Körper. Wie wird er angetrieben? Wie bewegt er sich? Sie bat jemanden auf die Bühne, und dann machte sie diese Person so meisterhaft nach, dass unklar war, wer von den beiden sich zuerst bewegt hatte. Die Nachahmung war so perfekt, dass das Subjekt völlig verzaubert war, als würde es in einen makellosen Spiegel schauen, der plötzlich erschienen war. Schließlich versuchte die Person zu entkommen – das Ganze irgendwie zu beenden, aber zu diesem Zeitpunkt hatte sie *die Person schon drauf*, und was auch immer man tat, war völlig egal. Wie nannten die Zeitungen sie: eine Telepathin, nein, eine Physiotelepathin – körperlich telepathisch, nicht geistig.

Er schweifte ab. Wir blickten zu Boden.

Aber das kann doch nicht stimmen, sagte er – sie war wirklich deine Frau?

Ich sagte, es sei wahr.

Wie war das?

Ich sagte, dass ich nicht darüber reden würde.

Er sagte, dass wir im gleichen Alter sein müssten, dass wir Söhne im gleichen Alter hätten. Er sagte, es sei lustig, dass sich ihr Sohn so entwickelt hatte, dass sie ein Clown gewesen war und dass ihr Sohn, nun ja, sei, wie er sei.

Ich sagte nichts, machte mich zum Gehen bereit.

Er wechselte das Thema. Weiter nördlich seien die Leute nicht so vertrauenswürdig, wie ich das vielleicht annehmen würde. Ich solle vorsichtig sein.

Er fragte mich, ob ich ein Bild von ihr dabeihabe, einen Beweis für das, was ich gesagt hatte. Nicht, dass ich etwas beweisen müsste, aber er würde immer wieder darüber nachdenken und er wäre sich gerne sicher. Würde mir das etwas ausmachen? Ich nahm ein Foto aus meiner Geldbörse. Er schaute es sich unzufrieden an.

Da ist sie älter, sagte er, viel älter. So kenne ich sie nicht.

C

Der Tag, an dem wir uns auf den Weg machten, der Tag, an dem wir begannen, war der erste kalte Tag. Mein Sohn stand neben der Tür, dort, wo der Kalender hing, und ich stand auch dort. Wir schauten uns den Kalender an, ich blätterte um und bei jeder Seite sagte ich einen Buchstaben. Ich sagte zu ihm: Und in diesem Monat reisen wir durch H und J und M und in diesem Monat durch P und S und T. Ich zeichnete die Straße, die wir nehmen würden, auf ein Blatt Papier und die Zeichnung führte durch Herbst und Winter und kam im Frühling an.

Weil es auf unserer Reise irgendwann Frühling sein würde, wollte er seine Reserve-Brillen mitnehmen. Ich war einverstanden – Reserve-Brillen waren eine gute Idee, ich hätte selbst daran denken können.

Wann sei denn Frühling?

Wollte er denn, dass schon Frühling sei?, fragte ich.

Nein, nein, nein. Er zeigte mir seinen Mantel. Er freute sich auf die Jahreszeit der Mäntel. Ich, sagte ich, mag die Jahreszeit der Mäntel ebenfalls. Aber wenn du älter bist, dann wirst du feststellen – die Kälte kriecht dir in die Knochen. Es ist nicht mehr so warm, wie es einmal war.

Wir lachten darüber, wie alt ich war, so alt wie ein Großvater – so drückte er es aus.

Dann wollte er, dass der Kalender bei einem Monat im Frühling aufgeschlagen bleiben sollte, dem Monat, in dem wir vielleicht zurückkehren würden.

Ich erinnerte ihn, dass wir nicht zurückkehren werden. Wir gehen für immer fort.

Er begann zu weinen.

Wir gehen für immer fort. Erinnerst du dich nicht?

Im nächsten Dorf, dem dritten in einer Reihe von Siedlungen, die gemeinsam C bilden, verkaufte uns eine Frau frisches Brot aus einem kleinen Wagen. Ihr Ratschlag war: Esst euer Mittagessen beim Kanal, so wie ich das mache. Sie sagte, der Kanal sei von einem Mann namens Holling gebaut worden, er und sein Geliebter, ein Mann namens Briggs, hatten ihn entworfen. Vor langer Zeit hätten sie hier gewohnt, gleich die Straße rauf. Ihr Atelier ist erhalten geblieben. Damals sei es schwierig gewesen, weil es sich um zwei Männer gehandelt habe, so drückte sie es aus. Aber sie wussten verdammt noch mal alles, was es über Kanäle zu wissen gibt, und ihre Pläne, die umgesetzt wurden, erforderten, dass sie den Bau beaufsichtigen (der schon begonnen hatte), bis der Kanal fertig war. Also mussten alle ihre Verwirrung runterschlucken und es einfach dabei belassen.

Ich merkte an, dass eine ganze Reihe großer Männer so gewesen sind und dass, so scherzte ich, manche sogar Frauen waren, entweder sie selbst oder in Form ihrer Ehefrau, die sie erst zu dem gemacht hatte, der sie waren, die das, was sie taten, für ihn taten, et cetera. Sie hörte mir aber nicht richtig zu und verstand mich nicht. Kannst du das wiederholen? Wiederholen, was du gesagt hast? Ich sagte, nicht jeder tut, was er getan haben soll. Manchmal hat es ein anderer für ihn getan.

Ein Gespräch zu führen ist eine einzige Verwirrung.

Wir gingen zum Atelier. Es war zwar geschlossen, aber es gab ein großes Kupferschild mit sehr kleiner Schrift. Es wirkt so, als wäre Holling der traditionellere Typ von den beiden gewesen. Er bevorzugte Goldene Schnitte, klassische Linien.

Briggs war viel jünger und fand seine Inspiration, so stand es auf dem Schild – in außergewöhnlichen Formen –, den Eingeweiden von Tieren, Fotografien zerbombter Landschaften, den Spielsachen besorgter Kinder. Eines der zentralen Merkmale des Kanals war, dass er in keiner Hinsicht gerade war. Er verband weit auseinanderliegende Siedlungen und schlängelte sich über und durch vorspringendes Land. Es ging nicht darum, Schiffe von einem Wasserweg oder Meer zum nächsten zu bewegen; es ging um den Transport von Gütern auf Lastkähnen. Eine seltsame Nebenverordnung, ebenfalls von Briggs erdacht, legte fest, dass der Weg, der auf der ganzen Länge des Kanals von Siedlung zu Siedlung führte, mit Obstbäumen bepflanzt werden sollte. Ich dachte an diese Stelle bei Herodot, bei der es um antike Straßen geht – wo Menschen einst Hunderte Meilen im Schatten gehen konnten. Das war in Nordafrika, wo der Schatten eine Gnade sein muss.

Mein Sohn mochte diese Idee der Bäume; als ich ihm sagte, dass man sie alle gefällt hatte, entfernte er sich ein kleines Stück und wollte nicht mehr zurückkommen.

Also, ich habe die Bäume ja nicht gefällt.

Auf dem Schild war ein Bild, und für mich sah es aus wie das Bild einer Statue von Briggs und Holling, auf der sie auf einer Bank sitzen und einander umarmen. Ob es die Statue wirklich gibt, kann ich nicht sagen. Wir hatten zumindest keine Zeit, danach zu suchen.

Wir gingen mit einem Stück Käse, einer Kaki (und unserem Brot) zum Kanal. Es war reizend, so wie sie gesagt hatte. Wir saßen bei einer Schleuse. Das Ganze sah funktionsbereit und gut gewartet aus. Auf mich machen Schleusen, die fünf oder sechs, die ich gesehen habe, immer den Eindruck einer Getreidemühle. Es ist wohl das Gefühl, teilweise in oder zumindest am Rand eines großen Mechanismus zu stehen. Als wäre man in einer Uhr – wenn das möglich wäre.

Mein Sohn berührte die Schleuse mit der Hand und kletterte darauf herum. Er wollte, dass ich ihn fotografiere, und das tat ich. Er macht gern diese Pose, ein bisschen wie ein Revolverheld, mit flotten Hüften, die Hände an den Seiten. Eine Pose, die ganz ins neunzehnte Jahrhundert passt, sie kommt von seiner Liebe zu dieser heldenhaften Zeit. Er warf sich dort in Pose. Ich habe die Fotos nicht entwickelt, aber ich glaube, dass es ein sehr gutes Bild ist. Das Licht fiel gerade über meine Schulter und die Textur seines Ärmels leuchtete, als hätte sie ein Pinsel entflammt.

Ah – etwas gibt es noch über dieses Mittagessen und die Kaki zu erzählen. Ich thematisiere das, um seinen Charakter etwas zu verdeutlichen.

Als ich mich für einen Moment wegdrehte, aß mein Sohn die ganze Kaki. Ich fand das nicht gut, ich wollte schon etwas sagen, ich fand, dass das nicht gerade rücksichtsvoll von ihm war – aber dann wurde mir klar, dass eine Kaki immer für die Person bestimmt sein sollte, die sie einfach in einem Satz runterschlingt. Kakis sind nicht für Leute, die ruhig auf ihre zugeteilte Portion warten. Sie sind nicht diese Art von Nahrungsmittel. Eine wichtige Lektion – schweigend mampften wir unser Brot und unseren Käse.

Es war kalt und am Holz der Schleuse hingen tote Ranken. Hatte ich schon erwähnt, dass es kalt war, als wir mit der

Volkszählung begannen? Vielleicht ist das ein besserer Anfang:

Es war spät im Jahr, als wir den Zensus in das Land im Norden brachten.

Ich finde das aber eigentlich zu dramatisch. Ich würde lieber ganz sachlich vorgehen – eine sachliche Beschreibung der Dinge, die geschehen sind. Wie dem auch sei, es war kalt und normalerweise trugen wir einen Mantel.

Als wir am Abend nach zehn weiteren Meilen zu einem Haus kamen, waren wir sehr überrascht, dort wieder dieselbe Frau vorzufinden – die, die uns das Brot verkauft hatte.

Ja, ich bin es schon wieder, sagte sie. Ihr habt den längeren Weg genommen. Die Straßen verlaufen hier in Kreisen.

Wird hier das Brot gebacken?

Ja, sicher. Wo sollte es sonst gebacken werden?

Sie wollte uns nicht ins Innere des Hauses bitten, also erledigten wir alles im Eingangsbereich.

Sind wir fertig? Werdet ihr jetzt gehen?

Ist noch jemand im Haus?

Nein, niemand.

Ich könnte schwören, ich hätte etwas gehört.

Das war ich. Ich führe Selbstgespräche.

Und worüber hast du gesprochen?

Ach, du weißt schon. Dinge, über die du sicher auch schon selbst mal geredet hast.

Mein Sohn mag es, wenn ich über meinen Vater und meine Mutter rede, wenn ich Geschichten aus ihrem Leben erzähle. Er hat sie nie getroffen, auch wenn er es gerne würde – und fragt, ob er sie treffen kann. Sie sind tot, sie sind nirgends, sage ich immer.

Das beachtet er gar nicht. Für ihn sind sie irgendwo, sie sind da, wenn ich die Geschichten erzähle, und verschwinden, wenn ich damit aufhöre. Eigentlich ganz einfach.

In einer der Geschichten geht es um einen Hut, den mein Vater gern getragen hatte. Meine Mutter hasste diesen Hut. Sie wollte ihn loswerden, aber mein Vater passte gut darauf auf, versteckte ihn, hielt ihn von ihr fern und tauchte plötzlich damit auf, wenn sie ausgehen wollten.

Es war eine Melone, eine ziemlich gewöhnliche Melone, keine Ahnung, warum meine Mutter den Hut so hasste.

Wie auch immer, eines Tages konnte sie sich endlich rächen. Als er eines Tages nicht zu Hause war, fand sie den Hut. Sie schnitt den Deckel mit einer Schere raus.

Mein Vater feuerte zurück, indem er sich manchmal mit dem lächerlich beschädigten Hut in den Hof setzte, um Zeitung zu lesen. Inzwischen war der Hut an meinen Sohn weitergegeben worden, der ihn bei Gelegenheit trägt. Wir lachen gemeinsam, wenn er ihn trägt. Wir machen eine Geste, als würden wir mit der Schere schneiden, und lachen und lachen.

Ein Teil des Zensus besteht darin, sich dafür stark zu machen. Nicht jeder wird einverstanden sein. Nicht jeder wird sich erlauben, markiert zu werden. Das scheint immer mehr zuzutreffen, je weiter weg man reist.

Wie es sich zuträgt, habe ich einen guten Weg gefunden, um die Leute zu überzeugen. Ich beschreibe ihnen den Zensus als endlose Parade von Volkszählern, die ihnen auf dem Weg begegnen. Jeder Volkszähler wird versuchen, sie zu überzeugen. Jeder wird ihnen dann eine Markierung auf die Rippen setzen wollen. Jeder Einzelne dieser Volkszähler kann leicht vertröstet werden. Aber mit wie vielen willst du denn wirklich streiten? Aus diesem Grund, sage ich, ist es besser, es jetzt hinter sich zu bringen. Verstehst du das nicht?

Wenn sie mir nicht glauben, erkläre ich es ganz detailliert. Ich sage, da, wo ich herkomme, gibt es Tausende wie mich. Unsere ganze Kindheit über sitzen wir in Reihen und wir lernen stets nur eine Lektion – wie wir den Zensus so effektiv wie möglich umsetzen können. Wir lieben niemanden, kennen niemanden. Wir werden in Wellen ausgesandt, reisen, wie Wellen, durch die Lande, berühren alles, was berührt werden kann, sehen alles, was man sehen kann. Die Route, die mir zugeteilt wurde, wurde auch Hunderten anderen zugeteilt, und dabei spreche ich nur von diesem Jahr. Ich bin vielleicht der Erste von diesem Zensus, aber ich versichere dir, ich bin nicht der Letzte. Dieser Zensus wird eine Doppel-Dekade lang andauern, zwanzig Jahre, und in dieser Zeit kommen wohl zweitausend Volkszähler vorbei, bleiben bei deiner bescheidenen Hütte stehen, um an den kaputten Holzrahmen zu klopfen und zu überprüfen, ob du bist, wer du behauptest zu sein. Je länger der Zensus dauert, desto schlimmer wird es.

Die Volkszähler werden kälter, grausamer. Die Umstände, unter den sie arbeiten müssen, werden brutaler. Alles – wirklich alles – wird schlechter. Vielleicht ist es da besser, mit mir vorliebzunehmen – dem freundlichsten von allen, vielleicht nicht von allen, aber doch zu dir? Niemandem anderen liegt so viel daran wie mir. Und wenn dann die anderen kommen, kannst du ihnen unbesorgt zurufen, als einer, der schon umarmt wurde, und sie werden unbesorgt weiterziehen. Man wird dich nie belästigen, niemals.

Ich bin mir nicht sicher, ob das ein gutes Argument ist, aber es ist überzeugend.

Als ich das Argument ersann, war ich um seinen Wahrheitsgehalt besorgt, da es, soweit ich die Sache verstehe, keine anderen Volkszähler gibt oder geben wird, die für diese Region zuständig sind. Aber dann betrachtete ich das Thema metaphysisch und dann betrachtete ich das Thema metaphorisch und ich kam zu folgendem Schluss: Auch wenn sicherlich niemand kommt, möchte doch jede Person auf ihre Weise erkannt werden, und wenn diese Person nun zulässt, dass gewöhnlicher Menschenhass (der uns allen zu eigen ist) in ihr oder ihm die Oberhand gewinnt und damit den Zensus vereitelt, dann fügt er oder sie nur sich selbst Leid zu. Wie traurig das wäre. Dann könnte diese Person nur warten, in der Hoffnung, dass ein weiterer Volkszähler kommen wird. In diesem Sinn äußere ich also nur das Gegenteil der Wahrheit, und wie sie in der Hölle sagen, kann eine Sache nur so wahr sein wie ihr Gegenteil.

Wenn jemand keinesfalls befragt werden möchte, wenn jemand gar nichts damit zu tun haben will, dann setze ich eine

Markierung auf der Karte, die kennzeichnet, wo die Weigerung stattgefunden hat. Da ich es unglaublich befriedigend finde, die Markierungen zu setzen, habe ich sehr widersprüchliche Gefühle, was die Arbeit des Zensus betrifft, und bin nie verärgert oder unzufrieden, egal, wie es ausgeht.

D

Es ist in unserer Familie Tradition, während der Fahrt zu singen. Wir machen das, weil wir nie ein Auto mit Radio hatten. Ich glaube, es kostet mehr mit Radio, vielleicht früher einmal, und wir gewöhnten uns daran. Seit damals – immer, kein Radio. Das Auto sollte so eine Art mechanischer Esel sein, denke ich. Damit meine ich, es sollte dich langsam dorthin bringen, wo du hinmusst, verlässlich dorthin, wo du hinmusst. Das Auto muss nicht schnell sein. Es muss auch nicht so schön sein wie ein Esel, denn ich mag, wie Esel aussehen. Und ist eine Person, die auf einem Esel reitet und dabei singt, nicht ganz offensichtlich dem Mann auf dem Esel mit einem Radio weit überlegen?

Mein Sohn sang und ich sang ebenfalls, als wir die Straße nach D hinunterfuhren. Ich hatte gleichzeitig Angst vor unserer Ankunft in D und war voll freudiger Erwartung, aber ich war nicht ganz sicher, wo D zu finden war, und als wir dann, wie ich sagte, unten ankamen, war ich nicht darauf vorbereitet. Weißt du, mein Vater war aus D. Das war das Land seiner Kindheit. Mein Sohn sang, so laut er konnte, das Lied über eine Kuh aus Butter, die Kuh ist ein Trick – sie wird verwendet, um jemandem in dem Lied einen Streich zu spielen –, und das Lied ist an sich schon sehr laut. Er wollte nicht zum Schweigen gebracht werden, als wir nach D runterkamen, aber ich hatte keine Wahl. Ich versuchte, mich an Dinge zu erinnern, die mir mein Vater vor dreißig Jahren erzählt hatte – Dinge, die ich wahrscheinlich schon vergessen hatte.

Tatsächlich war die Stadt ziemlich unauffällig. In gewissem Sinn ist es möglich, das zu fühlen, was die wilden Reiterhorden gefühlt haben mussten, als sie in dunkler Vorzeit in diese Städte einfielen: das Verlangen, diese mittelmäßigen Orte niederzubrennen und die Schädel zu stapeln, es erhebt sich in der Brust, wenn man einen so armseligen Flecken Land sieht. Es gibt diesen Traum, dass der Ort, den man herbeisehnt, nur auf einen gewartet hat. Das ist der Traum des Reisenden.

Wenn du also das Falsche siehst, irgendein schäbiges Städtchen statt dem Tal, das du erhofft hast, na ja, dann brenn es nieder, brenn es nieder! Stapel die Schädel!

In diesem Fall hat mir mein Vater viel von dieser Stadt erzählt; ich habe auch selbst viel über diese Stadt gelernt, aber nicht, weil ich nur über diese Stadt etwas lernen oder wissen wollte, eher, damit ich als Kind im Allgemeinen über Städte Bescheid wusste, das war meine Absicht, während ich meinem Vater zuhörte. Das war auch der Grund, warum ich mich, als ich versuchte, mich an die Worte meines Vaters zu erinnern, an nichts erinnern konnte: All meine Informationen über diese Stadt waren in einen generischen Archetypus eingebettet. Ich würde meine grundlegende Auffassung von *Stadt* dekonstruieren müssen, um herauszufinden, was mein Vater wohl gemeint hatte. Keine einfache Aufgabe.

Alternativ könnte ich einfach darauf hoffen, dass die Stadt sich mir selbst ins Gedächtnis rufen würde – die Version, die mir erzählt worden war. Leider tat sie das nicht.

Nichtsdestotrotz, es war schließlich eine Stadt, gingen wir dort mehrere Tage von Haus zu Haus. Man sagte mir, dass zweihundertvierzig Menschen dort lebten – wir hatten also viel zu tun.

Auch wenn es stimmt, dass die Stadt nichts Besonderes war, so lebten doch Menschen dort. Es ist häufig so, dass man beim Geschäft des Zensus herausfindet, dass einem die Macht fehlt, aus den Menschen, die man trifft, das hervorzuholen, was an ihnen besonders eigentümlich ist. Natürlich ist es aber so, dass der Zensus die Erfüllung ebendieser Aufgabe verlangt, also ist mein Versagen, zur Quintessenz jedes befragten Individuums vorzudringen, ein echtes Versagen, eines, das wieder und wieder auf mich zurückfällt. Wenn ich mit einer Person spreche, dann muss ich auch herausfinden, was an diesem Individuum besonders ist, und diese Daten müssen durch mich zu den Büros des Zensus zurückgelangen, damit das, was an dieser Nation, tatsächlich an allen Nationen, das Besondere, das Einzigartige ist, eine Gesamtheit aller Besonderheiten ihrer menschlichen Bevölkerung, damit das erkannt und spürbar werden kann.

Den Ersten, in dem ein Funke zu spüren war, fanden wir am zweiten Tag. Den Zweiten und Dritten am vierten Tag. Das Haus des Ersten war ein schmales Gebäude auf einem Platz. Der Springbrunnen war völlig mit Moos bedeckt. Wir klopften an die Tür. Es antwortete – ein Mann mit einem prächtigen schwarzen Bart. Ich erklärte, warum wir hier waren. Er brachte uns in ein großes Zimmer voller Tische: Auf den Tischen stapelten sich hölzerne Puzzles, Schneidewerkzeuge, leere Bretter, Zapfen, Polierwerkzeug, Farbe und Pinsel, Schnurspulen, Draht und Darmsaiten.

Ich bin Handwerker, erklärte er. Du machst Holzpuzzles? Ja, das tue ich.

Sie waren wunderschön und für mich völlig unverständlich. Ich war immer der Schlechteste, wenn es um das Lösen von Puzzles ging. Ich denke, es liegt daran, dass ich schon zu Beginn aufgebe. Ganz am Anfang, wenn man ja eigentlich mit allem Nachdruck für einen kraftvollen Beginn sorgen sollte, genau zu dieser Zeit gebe ich auf. Genau in diesem Moment gebe ich das Puzzle dann an jemand anderen weiter oder, und das ist noch trauriger, ich beginne das Puzzle völlig falsch zu bearbeiten, sodass klar wird, dass ich gar nicht mehr versuche, das Puzzle zu lösen, sondern mich nur mehr dafür interessiere, weil es mir jemand anders aufgetragen hat. Falls ich, durch Zufall, in dem Moment, genau in dem Augenblick, in dem ich, bei meinen übervorsichtigen und doch nutzlosen Versuchen, das Puzzle zu lösen, doch erste Fortschritte mache – sagen wir, der erste Teil des Puzzles wird klar, wie das manchmal ja wirklich passiert –, wenn dann eine Person, die mich beobachtet, eine Person, die sich auch an einem Puzzle zu schaffen machen möchte, wenn diese Person also nach dem Puzzle greift, wohl wissend, dass wir uns der Lösung genähert haben, wie es solche Leute dann ja immer tun, reagiere ich, anstatt das abzuwehren, was ja die angemessene Reaktion wäre – und damit die Zeit zu verlängern, in der ich das Puzzle lösen könnte –, reagiere ich dagegen so – und zeige damit mein armseliges Naturell –, dass ich das Puzzle sofort hergebe; das ist es, was ich tue, ich gebe das Puzzle sofort weiter, selbst wenn es eigentlich beinahe schon gelöst ist. Das wirkt noch lächerlicher, wenn man bedenkt, dass ich zeit meines Lebens Chirurg war – und ich war lange als einer der besten Chirurgen der Gegend bekannt. Man hat mich zu beinahe jeder Operation gerufen, die man durchführen kann, und meistens war ich dabei auch erfolgreich. Aber bei Puzzles macht meine Entschlossenheit einfach keine Fortschritte.

Ich sagte nichts davon zum Puzzlemacher, der, während ich grübelte, aufmerksam meinen Sohn anstarrte, der im Zimmer umherging und die verschiedenen Puzzles berührte.

Ist es in Ordnung, wenn ich mit ihm rede? Stört ihn das? Versteht er mich?

Aber ja, sagte ich.

Er bekommt dann keinen Anfall oder so?

Nein, nichts dergleichen. Du wirst schon sehen.

Der Mann ging hinüber und redete mit meinem Sohn, er verwendete viele Gesten und sprach sehr ausdrucksstark. Sie hatten viel Spaß beim Anschauen der Puzzles, und noch mehr Spaß in der Werkstatt nebenan. Tatsächlich fand der Mann sogar etwas, was mein Sohn tun konnte, bei dem er ihm in der Werkstatt zur Hand gehen konnte, und deshalb arbeitete mein Sohn, während ich für den Zensus in der Stadt unterwegs war, mit dem Mann, und dafür erhielt er als Gegenleistung eine Art Bohrer. Ich weiß nicht, wofür der Bohrer gedacht war, und mein Sohn wusste es auch nicht. Ich denke, dass gerade dieses Nichtwissen den Bohrer zu einem passenden Zeichen für die Werkstatt des Puzzlemachers machte. Obwohl mein Sohn sicher ein völlig anderes Verständnis von diesem Geschäft hatte – ich war ja gerade einmal eine Stunde dort gewesen.

Jedenfalls ging ich die Straßen auf und ab, holte den Zensus ein, und irgendwann kam ich zu einem Keller, in dem zwei Ausreißer wohnten. Es war strittig, ob Ausreißer gezählt werden sollten. Manche sagen Nein. Ich habe dazu eine andere Meinung.

Der Bursche redete schnell. Er sagte, sein Vater sei ein Auktionator und das sei der Grund dafür. Er ist Auktionator, das ist der Grund dafür, so drückte er das aus, und erklärte damit seine schnelle Zunge. Das Mädchen sagte, immer wenn etwas schiefgehe, könne er es erklären. Ich sagte, das sei eine sehr wertvolle Eigenschaft.

Von allen menschlichen Wesen, die mir je begegnet sind, sah dieses Mädchen einem Schwan am ähnlichsten. Ich sagte ihr, dass ich sie Polly Vaughn nennen würde. Sie wusste nichts darüber, also erklärte ich es ihr – Polly Vaughn war ein Mädchen, das irgendwo, vielleicht in England, in den Büschen herumirrte, die Schürze umgewickelt, und ihr Geliebter denkt, sie sei ein Schwan, und erschießt sie und wird für diesen Mord vor Gericht gestellt. Was ist dann passiert?, fragte sie. Na ja, eigentlich will er weglaufen, aber sein Onkel erteilt ihm den Rat, verlass ja nicht das Land, bevor der Prozess vorbei ist, weil sie dich niemals dafür hängen werden, dass du einen Schwan getötet hast. Aber sie war doch kein Schwan, sagte das Mädchen. Das stimmt, sagte ich. Ich war nie der Meinung, die in diesem Lied geäußert wird – obwohl manche meinen, dass der Onkel damit eigentlich sagen will, dass es im Prinzip völlig egal ist, ob sie ein Schwan oder ein Mädchen ist, er wird jedenfalls freigesprochen.

Sie wussten nichts über den Zensus, also erklärte ich ihnen alles, wir gingen alles durch und dann setzte ich meine Markierung. Das Mädchen war stoisch, aber der Bursche schrie auf, als die Nadel seine Seite markierte. Ich fragte sie nach ihren Plänen. Sie sagten, sie seien in die entgegengesetzte Richtung unterwegs. Sie dachten, wenn sie einen Ort mit so vielen Menschen wie möglich finden würden, dann wäre das der richtige Ort für sie. Sie wollten meinen Rat, um zu so einem Ort zu gelangen. Ich sagte, es gehe nicht nur darum, dort anzukommen, es gehe auch darum, was man tut, wenn man erst dort ist. Der Bursche war davon überzeugt, dass es völlig ausreichend war, schnell zu reden. Wenn ich ihn mir so anschaute, hatte ich das Gefühl, er könnte damit recht haben.

Ich erzählte ihnen, dass mein Vater diese Gegend vor etwa fünfundsiebzig Jahren verlassen hatte und dass er ein Vermögen gemacht hatte, weil er genau dem Plan gefolgt war, dem sie sich verschrieben hatten.

Das Mädchen hatte nicht richtig zugehört, wollte aber plötzlich auch mitreden. Sie fragte, wie es ihm gehe, meinem Vater. Was macht er heute? Für einen Moment war ich verwirrt. Dann sagte ich, dass er tot sei. Das schien sie zu beunruhigen, im Bezug auf ihre eigenen Erfolgsaussichten. Ich erklärte ihr, dass er lange gelebt hatte, bevor er gestorben war.

Oh, sagte sie. Wann ist das passiert?

Vor ungefähr siebzehn Jahren.

Sie schauten einander ein – da floss etwas aus ihrem Blick, ich weiß nicht was, es floss von einem zur anderen und wieder zurück. Da waren wir noch nicht geboren, sagte das Mädchen. Vor siebzehn Jahren, sagte der Bursche, war sie noch nicht geboren. Und ich, ich war auch nicht geboren.

Ich sagte ihnen, dass es wichtig sei, herauszufinden, was es wert ist, getan zu werden – und dann nur diese Dinge zu tun und keine anderen. Die Leute werden versuchen, dich davon zu überzeugen, immer werden sie das versuchen, Dinge zu tun, die du unter keinen Umständen tun solltest. Diese furchtbaren Pfade aus schlechten Ratschlägen zu beschreiten – das ist die größte Gefahr in der Jugend. Das und Selbstmord.

Sie sagte, dass sie das wisse. Sie habe viel darüber nachgedacht. Zwei ihrer Freunde seien auf diese Weise gestorben.

Der Bursche sagte etwas. Er sagte, für die Kinder heutzutage sei Selbstmord wie sich in jemanden zu verlieben.

Das Mädchen stimmte ihm zu. Es ist, wie sich in jemanden zu verlieben. Als ob man eine neue Tür an die Wand des Schlafzimmers malt und einfach durchgeht.

Ich meine – sich vorzustellen, dass die Tür schon die ganze Zeit da war, aber du sie nicht gesehen hast.

Sie spielte mit einer zerrissenen Spielkarte, einer Pik-Acht. Plötzlich schaute sie auf.

Aber ich bin gern am Leben. Wenn es nach mir geht, bleibt es dabei.

Sie sagte, sie wisse viel über Pflanzen von ihrer Tante, die eine Baumschule habe, und so was könne sie auch machen. Sie könnte auch eine Gärtnerei haben, so wie ihre Tante. In einer Baumschule ist alles so, wie es sein soll. Alles andere wird aus der Baumschule entfernt, damit es die anderen Pflanzen nicht stört, die dort wachsen. Ja, das könnte sie. Sie könnte Blumen und Pflanzen verkaufen. Der Bursche flüsterte etwas und sie versetzte ihm einen Schlag.

Das ist doch nur Kleingeld. Kleingeld.

Sie flüsterte ihm etwas zu.

Als ich ging, war es schon dunkel. Ich stieg die Stufen in der Kälte nach oben. Es roch nach Schlamm, kalter Schlamm lag in der Luft, und es war totenstill. Ich schaute zurück und ich konnte sie durch das zerbrochene Kellerfenster sehen, wie sie nebeneinandersaßen. Sie redete und fuhr sich mit den Händen durch die Haare. Der Bursche berührte ihr Gesicht und ich ging fort.

Es war immer schwierig, mit meinem Sohn zu verreisen. So sehr ich es auch liebe, so sehr er es auch liebt, so sehr meine Frau, die Art, wie die Menschen sich ihm gegenüber verhalten, macht es schwierig. Manchmal sind selbst einfache Dinge, wie sich in einem Salon ein Eis zu holen, nicht möglich. Es kann sein, dass wir dort ankommen, uns anstellen und glauben, alles sei in bester Ordnung. Aber wieder und wieder beginnen andere Leute in der Schlange ein Gespräch, oder da sind Kinder, unbeaufsichtigt, die anfangen, ihn zu ärgern, oder es starren ihn alle an und vielleicht stellen sie auch abscheuliche Fragen, absolut unnötige Fragen, und auch wenn es vielleicht immer noch möglich ist, sich im Salon ein Eis zu kaufen, so ist es doch nicht mehr möglich, dabei Spaß zu haben, also gehen wir zurück zum Auto, wir steigen ins Auto, wir fahren nach Hause und zu Hause gehen wir hinein und setzen uns. Jedes Mal verschwindet mein Sohn dann völlig unbekümmert in einem anderen Zimmer und macht irgendetwas anderes, und meine Frau und ich bleiben mit dem Gefühl zurück, dass sich unsere menschliche Spezialität, die Entfremdung, so sanft, so großzügig, so uneingeschränkt ausdrückt.

Je älter wir wurden, desto mehr gewöhnten wir uns daran. Vielleicht legten wir uns eine dickere Haut zu. Heißt das, dass es uns weniger kümmerte? Ich glaube schon – aber das war mit allem so.

Diese Gedanken tauchten auf, als ich mit meinem Sohn vor dem Fenster eines Eissalons in D stand. Wir standen dort und ich erinnerte mich an einen ganz spezifischen, schmerzlichen Vorfall, der sich vor zwanzig Jahren zugetragen hatte. Es lohnt sich nicht, näher darauf einzugehen, es war wie jeder dieser Vorfälle. Keiner davon hat einen besonderen Charakter. Für Menschen ist es einfach, grausam zu sein, sie springen darauf an. Sie lieben es. Es ist die Ausübung all ihrer lächerlichen Macht.

Niemand in D erinnerte sich an meinen Vater. Allgemein war es so, wenn zur Sprache kam, dass mein Vater vor langer Zeit dort gelebt hatte, dann redeten sie über jemanden, der schon tot war, jemanden, den sie gekannt hatten, jemanden, der ihn wahrscheinlich gekannt hätte. Das ist ein exzellentes sprachliches Manöver, es stellt einen semantischen Brückenkopf dar, von dem aus sich das Gespräch weiterentwickeln kann, auch wenn der erzielte Fortschritt völlig illusorisch ist und war.

Am Anfang des Zensus träumte ich dreimal den gleichen Traum. Das ist mir nicht passiert, seit ich ein Kind war. In allen drei Fällen war der Traum genau gleich. Es beginnt mit dem Eindruck, man sei gerade erst aufgestanden. Du bist gerade aufgestanden. Du bist im Wohnzimmer. Hinter dir sitzen Leute, vielleicht drei oder vier. Du kennst sie so gut, die Details sind nicht unterscheidbar. Jemand klopft an der Tür und du gehst hin. Das Klopfen wird lauter und lauter. Du gehst durch eine Reihe von Zimmern und einen Gang entlang. Du kannst kaum glauben, wie laut das Klopfen ist. Es klingt, als würde jemand die Tür einschlagen. Aber du hast keine Angst. Du sperrst die Tür auf. Du öffnest die Tür. Da steht jemand.

Im Traum steht mein Sohn vor mir, aber ich bin nicht ich selbst. Er erkennt mich nicht. Tatsächlich wirkt es auf mich so, dass er, und ich erkenne ihn in diesem Traum ebenfalls nicht, jemanden sucht. Aber es gibt keinen Ton. Später wurde mir klar, dass das ein Traum ohne Ton ist.

Wenn es keinen Ton gibt – woher kommt dann das Klopfen? Ich habe mich das oft gefragt – und ich denke, es war die Luft, die Luft erzittert, wenn der Ring des Türklopfers den Knopf trifft.

Du wunderst dich vielleicht, wie wir so schnell reisen können, wenn es der Zensus doch erforderlich macht, dass wir buchstäblich von *Haus zu Haus* gehen. Die Wahrheit ist, dass wir beinahe von Anfang an darauf verzichtet haben. Ich will damit nicht sagen, dass ich meine Tätigkeit als Volkszähler aufgegeben hätte. Ich habe sogar das Gefühl, dass ich sie immer ernster nehme. Ich sage nur so viel: Weil ich sie immer ernster nehme, ist mir auch klarer, was ich als Volkszähler zu tun habe, und dieses Wissen führt mich dazu, dass ich auch weiß, dass ich nicht länger jedes einzelne Haus besuchen muss.

Als ich meinem Sohn erklärt habe, was wir tun werden, habe ich ihm unglücklicherweise erzählt, dass wir jedes einzelne Haus besuchen werden. Jetzt, wo sich unsere Pläne geändert haben, jetzt, wo wir, immer wenn wir ein Haus sehen, die Wahl haben, hinzugehen oder weiterzugehen, missfällt meinem Sohn die zweite Option ganz außerordentlich. Jegliche Formalität ist ihm willkommen. Die Vorstellung, wir würden nicht tun, was wir uns vorgenommen haben, sie gefällt ihm gar nicht.

Also haben wir einen Pakt geschlossen, der lautete: Wenn er unbedingt zu einem Haus gehen wollte, würden wir das auch tun. Allerdings unter einer Bedingung: Er musste Bescheid geben, bevor ich gesagt hatte, ob ich hingehen wollte oder nicht. Ansonsten bin ich sicher, dass er darauf bestanden hätte, jedes einzelne Haus zu besuchen.

Ein anderes Problem tauchte auf, wenn er zu einem Haus zurückkehren wollte, das wir schon besucht hatten. Ich habe das Gefühl, er mochte die Erfahrungen, die wir in diesem Haus gemacht hatten. Ein älteres Ehepaar lebte dort. Sie waren sehr freundlich. Sie gaben uns Apfelmost und noch etwas, vielleicht Ahornbonbons. In diesem Fall machte ich mit.

Wir kehrten zum Haus zurück, gingen darauf zu, klopften an. Die Frau kam zur Tür.

Mein Sohn und ich taten so, als wäre uns nicht klar, dass wir schon einmal hier gewesen waren, und würden uns außerdem nicht daran erinnern, sie bereits zu kennen. Auch wenn ich nicht glaube, dass sie das verstand – sie wehrte sich nicht. Sie war absolut gelassen. Sie bat uns herein und wir wiederholten den gesamten Vorgang, Apfelmost und alles andere. Diesmal war ihr Mann nicht da, aber eine Frau, eine Cousine, also schätze ich, es war nicht ganz umsonst. Ich glaube, sie dachten, das wäre so eine Art Scherz, aber sie hatten wohl ihre eigenen Gründe mitzumachen.

Das beweist etwas, das ich schon lange glaube: dass Vernunft und vernünftiges Verhalten nicht immer nötig sind, wenn die Flut der Güte uns umspielt.

Das Land wurde rauer und rauer, als wir in die Berge kamen. Es gab Fichtenwälder, Klippen, Seen und Bäche, alles wie mit weißer Tinte gemalt. Wir badeten in einem Bach unter dem Kreidehimmel, und es war die Art von Kälte, von der die Leute manchmal reden – diese außergewöhnliche Kälte, die du noch nie gefühlt hast, die du nur einmal fühlst. Die Leute sagen, sie spüren diese Kälte, wenn ein Geist im Zimmer ist.

Wir blieben für drei Tage in einer Hütte mit Blick auf einen Wasserfall. Ich hatte ein Buch von Mutter bei mir – *Geometrie des Tauchgangs.* Es enthielt eine Reihe von Illustrationen, handgezeichnet, manchmal auf der Grundlage von nachgezogenen Fotografien. Sie nahm sich einen Baum vor, erforschte seine exakten Abmessungen und tat das gleiche mit den Kormoranen, die in diesem Baum lebten. Sie fotografierte und zeichnete sie immer wieder. Das Buch ist maßstabsgetreu – auf jeder Seite ist der Baum und der Teich. Sie wollte unbedingt in der Welt des Kormorans leben, und sie, Mutter, versuchte das mit allen Mitteln zu erreichen.

Ich stelle sie mir vor, mit ihrer schwarzen Fellmütze, zusammengekauert auf der anderen Seite des Teiches, Zeichenutensilien in der Hand, eingefroren zwischen Auswertung, Silhouette, Sehnsucht. Auch wenn sie eine bekannte Bürgermeisterin war und – aus diesem Grund – sozial sehr kompetent, auch wenn sie viele Kinder hatte, drei Ehemänner und zu ihrer Zeit sogar als Dramatikerin gefeiert wurde, bin ich trotzdem absolut sicher, dass es ihr sehnlichster Wunsch war, ihren Körper zu verlassen und sich vollständig in einen Kormoran zu verwandeln.

Die meisten von uns, die sich in Tiere verwandeln wollen – wir wollen, im Prinzip, Menschen in Tiergestalt sein. Das ist absolut nicht, was Mutter wollte, nicht im Geringsten. Sie, da bin ich mir sicher, wollte ein Tier sein, das nie ein Mensch gewesen war. Der Kormoran, als der sie gerne eines Tages erwacht wäre, hätte nicht gewusst, dass er sich am Tag davor als Frau und als Bürgermeisterin einer Stadt zur Ruhe gebettet hatte. Natürlich, auch wenn wir uns vorstellen können, irgendwie eine tierische Form anzunehmen, ist die Idee, dass wir noch den letzten Rest alles Menschlichen sofort ablegen … schwer nachzuempfinden, wie das wohl wäre.

Mutter beschreibt das, wenn sie festhält, *der Eindruck, den ein Kormoran von der Dämmerung hat, hat nichts mit unserer Dämmerung zu tun. Wir, die wir nichts wirklich meistern – die wir Dinge verändern müssen, um sie zu beherrschen –, können nicht verstehen, wie es ist, über selbstverständliche Meisterschaft zu verfügen – eine Souveränität zu erlangen, die nach nichts greift, sondern die sich in durchaus fassbaren Linien vom Rand jeder Feder, von der Spitze des Schnabels, den Augäpfeln weiter ausbreitet. Wir dagegen, wir müssen diese Tiere erniedrigen, diese Kühe, diese Ziegen, die wir anführen wollen, wir müssen den Geist des Pferdes brechen, damit wir damit prahlen können, dass wir es reiten dürfen. Aber alles, was sich verändert, wird künstlich, wird weniger, als es war, wenn es menschlichen Händen angepasst wird. Unsere menschlichen Siege haben aufgrund ihrer Natur nichts Ruhmreiches an sich.*

Die Distanz, sagte mein Vorgesetzter im Büro des Zensus, die du auf deiner Reise zurücklegen kannst, ist festgelegt. Weißt du, wovon sie bestimmt wird?

Ich antwortete nicht.

Einerseits könnte man sagen, sie ist durch die Addition aller Variablen festgelegt – deine Geschwindigkeit, die Topografie, menschliche Hindernisse, Krankheiten et cetera. Aber ich spreche von etwas ganz anderem.

Da ich die meiste Zeit meines Lebens Arzt war, hatte ich schon lange keinen Vorgesetzten mehr gehabt, und es war sehr interessant für mich zu beobachten, wie sich dieser Mann verhielt und wie es sich anfühlte, sich dazu in Beziehung zu setzen. Ich hatte den Eindruck, dass er Dinge über den Zensus wusste, die mir nicht bekannt waren, wertvolle Informationen, die ich nicht hatte, und ich würde tatsächlich versagen, wenn ich das Büro an diesem Tag verlassen sollte, ohne diese Dinge zu wissen. Ich sage das, um die ganz besondere Qualität der Aufmerksamkeit zu beschreiben, mit der ich in diesem abgedunkelten Büro vor ihm stand. Es könnte sogar sein, dass ich vor- und zurückwippte, aber nicht, weil es mir unangenehm war, sondern weil ich zeigen wollte, wie gespannt ich auf jede neue Information war, die er mir mitteilte.

Er fuhr fort: Die festgelegte Distanz, die du zurücklegen kannst, egal, ob du jung oder alt bist – du bist alt –, wird vom Ort deines Todes bestimmt. Selbst jetzt bewegst du dich darauf zu. Als ich dich untersucht habe und dich für diese Arbeit anstellte, vor kaum einer Stunde, tat ich das nicht, weil ich den Eindruck hatte, du würdest ein guter Volkszähler werden, sondern weil ich weiß, dass du das schon bist, dass du schon ein Volkszähler bist. Du warst schon immer ein Volkszähler. Aber ab jetzt tragen deine Bemühungen zu unserer Arbeitsgemeinschaft bei. Er zeigte auf ein Holzschild. In Serifenschrift stand da: *Die Arbeitsgemeinschaft geht über den Staat hinaus, dem sie dient.*

Wusstest du, dass das Büro des Zensus älter ist als diese Nation?, fragte er mich. Ich sagte, dass ich das nicht wusste. Weißt du, glaubst du daran, dass das Büro des Zensus dich überdauern wird – dass es noch besteht, wenn du fort bist? Ich sagte, das hoffe ich.

Er führte mich zu einem großen Schrank voll mit Büchern, die in Leder gebunden waren, Aberhunderte Bände. Der Schrank erstreckte sich bis zum Ende des Ganges. Er kniete sich hin und wollte schon ein Buch aus dem Schuber ziehen, aber er zögerte. Auch nur in die Nähe all dieser Leben zu kommen, überwältigte ihn.

Diese Arbeit. Diese Arbeit, sagte er. Er hatte Tränen in den Augen. Das ist die wahre Arbeit, sagte er zu mir.

In diesem Moment liebte ich ihn. Aber seine Hände waren voller Ringe verschiedener Vereine und ich konnte nicht hinsehen. Er hob seine Hände, um dem Gesagten Nachdruck zu verleihen, und ich schloss die Augen.

Ich habe Menschen, die sich Vereinen anschließen, immer verachtet. Meiner Meinung nach sind Gruppen jeder Art im Allgemeinen für die Schwachen. Die Notwendigkeit von Konsens ist der verabscheuungswürdigste und lächerlichste

Aspekt unserer menschlichen Existenz. Ist denn da niemand, der allein unter einem Zelt aus Stoff wandern kann, das mit Träumen bemalt ist?

Meine Frau und ich hatten den Plan, irgendwo zu leben, wir drei, bis, wie sie es ausdrückte, der Baum stirbt. Bis der Baum seine Blätter in den Winter trägt. Sie hat den Plan vereitelt, als sie eines Morgens ein Nickerchen machte. Ich habe in einem Sessel gelesen, keine drei Fuß entfernt. Sie muss schon seit mindestens einer Stunde tot gewesen sein. Ich stand auf, fragte sie, was ich ihr aus der Küche mitbringen sollte. Sie sagte nichts. Ich ging in die Küche, kam zurück – da sah ich es.

Der Plan war, dass wir mit dem gleichen Atemzug ablegen, wie auf miteinander verbundenen Flößen.

Diese Idee, die mir so viel Trost gespendet hatte, stellte sich als völlig wertlos heraus, als das Leben sie einerseits verließ, in mir aber andererseits Bestand hatte. Vielleicht habe ich auch deshalb diese Aufgabe, den Zensus, übernommen und reise, endlich, mit sicherem Schritt auf etwas zu, auch wenn ich nicht wusste, was es ist.

Meinem Sohn zu sagen, was mit seiner Mutter geschehen war, war überhaupt nicht so, wie ich es mir vorgestellt hatte. Ich sagte es mehrmals, auf unterschiedliche Arten. Als ich es ihm sagte, sagte ich es auch mir zum ersten Mal. Was er darüber weiß – darüber, dass sie tot ist, ist nicht das, was ich weiß, denn das, was er darüber wusste, dass sie am Leben war, war etwas anderes als das, was ich wusste.

Er spielte ein Spiel, in dem er ein Soldat war. Er war draußen im Hof, streunte durch das Gebüsch. Es gab eine Schlacht und er wurde erschossen und fiel in sich zusammen, dort am Boden, gegen einen Baum gelehnt oder neben einem

Telefonmasten. Zu diesem Zeitpunkt war er tot, im Gefecht gefallen, und er wusste es – er konnte es fühlen, dort zu sein, diese Rolle zu spielen. Also war er auch nicht in Eile. Dann klopfte es manchmal an unserer Tür.

Wisst ihr, dass da jemand bei euch im Hof liegt?

Ja, sagten wir, alles in Ordnung. Er ist bloß tot. Er stellt sich tot.

Als ich mir ihren Körper in diesem Sessel anschaute, dachte ich: Stellt sie sich tot? Spielt sie mir einen Streich?

Der nächste Ort war von einem hohen Zaun umgeben. Eine traurige Behausung. Ich denke, das konnte man in aller Fairness sagen. Da war ein Tor, aber man kam nicht durch. Es gab keinen Türklopfer, keine Glocke. Aber als wir eine Weile dastanden, kam jemand zum Tor, und er war es auch, der uns öffnete, ein Junge. Währenddessen beobachtete uns jemand aus dem Haus. Ich sah ein Gesicht am Fenster und fühlte etwas Feindseliges – aber nicht in mir.

Wir kamen zum Haus, wir traten ein, in ein Zimmer voller Betten, mit einem Ofen in der Ecke, und da wurden wir aufgefordert, uns zu erklären. Also erklärten wir uns, und während wir uns rechtfertigten, wurde der Familie klar, einer Familie von sechs Leuten, dass wir der Feind waren, oder, wenn schon nicht der Feind, dann wenigstens der Bote des Feindes, jenes Feindes, von dem sie schon so lange gehört hatten. Das ist meine Einschätzung dessen, was diese Leute gedacht haben. Meiner Ansicht nach war für sie jeder, der nicht zu ihnen gehörte, in Gift gehüllt. Wir kamen aus dem Süden und trugen giftige grüne Kleidung.

Als ich meine Erklärung abgab, als ich darlegte, dass wir der noblen Aufgabe der Volkszählung nachgingen, sah ich, was passierte, aber ich hatte meine Rede über den Zensus schon so oft gehalten, dass es schwer war, einfach aufzuhören.

Da entstand eine lange Stille, unterbrochen von einem metallischen Klang, als irgendwo hinten im Haus irgendetwas gegen etwas anderes schepperte.

Du schreibst auf, dass wir hier leben und wie viele wir sind, stimmt's?

Ich sagte, dass ich das tun würde.

Durch eines der Fenster konnte ich das Auto sehen, jenseits des Tores, das noch immer offen stand. Es befand sich auf der Straße, ein paar Hundert Fuß entfernt. Ich kehrte mit meiner Aufmerksamkeit wieder zum Raum zurück.

Da waren drei Kinder, zwei ziemlich jung, eines möglicherweise im schulpflichtigen Alter. Sie näherten sich meinem Sohn und hatten die Art von Begegnung, die Kinder haben. Auch wenn sie sich nicht umkreisen, ein wenig Umkreisen ist doch dabei, und die Sache wird oft damit beendet, dass alle gemeinsam in die gleiche Richtung gehen. So war es auch diesmal. Sie gingen alle gemeinsam in ein anderes Zimmer.

Wir wollen deine Fragen nicht hören und wir werden dir auch nichts beantworten. Und außerdem – du wirst nichts über uns niederschreiben, egal zu welchem Zweck.

Der andere Mann, nicht der Ehemann, lehnte an der Wand. Er hatte ein brutales Gesicht voller Kränkungen. Er hatte noch nichts gesagt. Er hatte Hände, die wir Ärzte nur zu gut kennen – Hände, die dafür gemacht sind, Waffen zu halten; Hände, die nicht glücklich werden, wenn sie nicht irgendeinem deformierten Zweck dienen. Er war das am Fenster. Er sprach:

Vielleicht gehen sie nicht ohne ein echtes Versprechen.

Niemand erwiderte etwas darauf, also redete er weiter.

Hast du die Nadel dabei, alter Mann? Wirst du mir die Nadel reinstecken? Ich bin nicht so dumm, wie du glaubst. Ich war im Süden – ich weiß genau, was ihr da tut.

Er kam her und und näherte sich mit seinem Gesicht bis auf einen Inch meinem an: Du kriegst deine Tinte nicht in mich rein, in mich nicht, alter Mann.

Ich bewegte mich nicht einen Inch, ich beobachtete ihn nur. Solche Leute sind klein; in diesen ersten Momenten kann man ihnen so gut wie immer entkommen, aber wenn man sich einmal mit ihrer Realität abgefunden hat, wird das auch zu deiner Realität, und dann ist es schwierig, einen Ausweg zu finden.

Er stapfte zurück zur Wand, schlug mit seiner Hand dagegen und fluchte leise vor sich hin.

Ich dachte angestrengt nach, aber mir fiel nichts ein.

In all meiner Sturheit fühlte ich mich in diesem Moment sehr klar. Diese Tatsache – die Unerbittlichkeit meiner Sturheit, dass ich nicht davon abweichen würde von meiner Sturheit – war für mich offensichtlich. Warum ich in diesem Fall hilflos war, also, ich weiß nicht warum. Normalerweise hätte ich etwas sagen können und dann gehen. Vielleicht weil es für mich auch in Ordnung gewesen wäre, einfach weiter der Straße zu folgen und dieses Haus dabei völlig zu ignorieren. Aber jetzt, wo ich hier war, wo ich Dinge gesehen hatte, konnte ich das nicht mehr ungeschehen machen. Mehr als alles andere war es wohl das Metall, das gegen das Haus krachte. Mir scheint, dass eine so simple Angelegenheit mein

Gehirn völlig unbrauchbar hat werden lassen. Wenn du mich gebeten hättest Schach zu spielen, wäre ich wohl nicht in der Lage gewesen, die Figuren zu bewegen. Ich hätte den Springer nicht vom Turm unterscheiden können.

Ich stand unter diesem niedrigen Dach, teilweise geduckt, schaute diesen Mann an und die anderen warteten auf meine Antwort. Ich denke, dass nur ein oder zwei Sekunden vergangen waren, sein Schlag gegen die Wand wirkte noch in uns nach.

Ich sagte, ihr habt mich als Gast hereingebeten. Ich werde also nicht darüber sprechen, was ich jetzt sehe. Was ich aber vom Zaun aus gesehen habe, was ich gesehen habe, bevor ich euer Gast war – das ist meine Sache, und weil es meine Sache ist, werde ich darüber, wo auch immer, mit wem auch immer und wann auch immer sprechen, ganz wie es mir beliebt.

Die Frau wurde blass. Der Ehemann schüttelte den Kopf.

Irgendwie war das ein Problem für sie. Der Zensus war ein Problem für sie. Wir dachten alle darüber nach und das Metall schepperte wieder und wieder und wieder.

Die Frau sagte leise:

Warum nimmst du deinen Sohn überallhin mit? Zu welchem Zweck?

Wir halten zusammen.

Die Frau sagte etwas darüber, dass Gott bestimmte Leute verfluchen würde, aber der Ehemann unterbrach sie.

Ich versuchte herauszufinden, ob sie gemeint hatte, mein Sohn sei verflucht, weil ich Volkszähler war, oder ob andererseits …, aber der Ehemann verlangte nach meiner Aufmerksamkeit.

Er wollte mich wissen lassen, dass er etwas zu sagen hatte. Er machte weiter, indem er eine Geschichte erzählte, vom Sheriff, der einmal hierhergekommen war und versucht hatte, ihnen etwas wegzunehmen. Der Mann fragte mich, ob ich glaube, dass der Sheriff das bekommen habe, was er gewollt habe. Er fragte auch den anderen Mann, glaubst du, der Sheriff hat bekommen, was er wollte?

Der andere Mann sagte, der Sheriff habe durchaus etwas bekommen, ob es das sei, was er gewollt habe, wer wisse das schon.

Mir scheint, sagte die Frau …

Aber der Mann schnitt ihr wieder das Wort ab, seine Stimme wie eine nasse Peitsche:

Was soll das, einfach zu einem Haus zu kommen, das dir nicht gehört? Wie kommst du darauf, dass das in Ordnung ist?

Er schüttelte den Kopf, wenn er sprach. Das war seine liebste Geste.

Es fühlte sich an, als würde man bergab fahren und gerade beginnen, vom Fahrrad zu stürzen. Es ist schwer, einen Plan zu entwickeln, was im Augenblick zu tun ist.

Dann lachte jemand, im anderen Zimmer wurde gelacht, wir drehten uns alle um und die Kinder kamen wieder zurück zu uns, das ältere Mädchen hielt zufrieden die Hand meines Sohnes. Sie standen da und schauten uns an. Es gab ein surrendes Geräusch und das Scheppern hörte auf. Die Kinder waren so glücklich. Ihre Gesichter reflektierten Sonnenlicht, das wir nicht sehen konnten.

Die Stimmen tönten, erst die eine, dann die andere, dann die nächste.

Wie lange bleibt ihr? Wie lange bleibt ihr? Ihr müsst für immer bleiben, oder wenigstens eine Woche!

Die Straße hinunter, gleich bei der ersten Kurve, war eine kleine Hütte. Dort lebte ein sechzigjähriger Mann mit einem Gesicht wie ein Knopf aus Horn. Wir saßen zu dritt an seinem Küchentisch und er bot uns Rum zu trinken an, den wir annahmen. Ich erzählte ihm, was auf dem Gelände passiert war.

Vor zehn Jahren war ich da, als sie ankamen, sagte er. Es waren nur die beiden, die Brüder. Dann kam die Frau. Weißt du, was witzig ist? Immer, wenn man ihnen begegnet – manchmal gehen sie in die Stadt, manchmal kommen sie vorbei, um nach mir zu sehen, wie gute Christen das machen –, immer, wenn man ihnen begegnet, wirkt es so, als hätte einer der beiden, ein Bruder oder der andere, das Sagen, aber das stimmt nicht. Die Frau macht, was sie will, die beiden gehören ganz ihr, mit Leib und Seele. Sie sind ihre Sprachrohre und was immer sie sagen, sagen sie nur, weil sie es zuerst gesagt hat. Sie ist Dutzende Meilen von hier aufgewachsen und die Liste der Dinge, die diese Frau getan hat …

Er spuckte auf den Boden. Es war sein Haus; er spuckte auf den Boden. Er schenkte uns noch mehr Rum ein.

Für den Weg, sagte er. Rum für den Weg.

Er lachte heiser. Eigentlich war es gar kein Lachen. Kommt dir dieses Lachen bekannt vor?

Er zeigte uns ein paar Bilder. Das ist ein Bild meiner Frau und meiner Tochter.

Sind sie nicht wunderschön?

Ja, wirklich wunderschön.

Sie waren schön, wirklich wahr. Das kann man nicht abstreiten.

Sind sie gestorben?

Nein, sie leben jetzt woanders. Weißt du, mit mir kommt niemand aus. Manchmal bin ich einfach ein Arschloch.

E

Und jetzt versuchte der Junge es zu verstehen; er war großmütig.

Aber du, was hat dich dazu gebracht? Warum wolltest du kein Arzt mehr sein?

Einige Tage waren vergangen; wir waren weit gereist und hatten Verschiedenes gesehen, manches bemerkenswert, manches war schon wieder vergessen; jetzt saßen wir auf der Veranda eines großen viktorianischen Hauses. Daneben waren noch viele andere Häuser, alle alt, alle wunderschön. Viele waren aus Holz gebaut, manche aus Stein. Wir hatten die Hügel hinter uns gelassen und waren in einer Art Becken gelandet, ich nehme an, das war der Anfang von E, und in der Mitte des Beckens war ein hoch gelegenes Plateau und darauf befand sich eine alte Siedlung.

Gegenüber waren ein riesiges Bankgebäude und einige Kirchen. Die Stadt war wohl dreißig Jahre lang wohlhabend gewesen, so erzählte man uns, aber das war hundertfünfzig Jahre her. Dieses kurze Aufblühen des Wohlstands hinterlässt seine Spuren vor allem in der Architektur – diesen nach außen gerichteten Zeichen der Macht. Aber wie auch die Macht ist der Reichtum nur eine Form von Druck. Wenn er vergeht, bleibt etwas ausgehöhlt zurück.

Ich saß auf einem Schaukelstuhl. Mein Sohn saß auf den Stufen. Neben mir saß ein kleiner Junge in einem weiteren Schaukelstuhl.

Was hat dich dazu gebracht?, fragte er erneut. Magst du es nicht, anderen Leuten zu helfen?

Doch, aber ich wollte etwas anderes machen.

Das verstand er. Er sagte, dass er mit acht Jahren viel über Fossilien nachgedacht hatte, aber jetzt war er neun und alles war anders.

Irgendwie, sagte er, jetzt mit neun, kannst du auf die Zeit zurückblicken, als du acht warst, und du siehst, wie sehr du manche Dinge missverstanden hast. Er erzählte mir, wie er sich die Fossilien eingeprägt hatte – ihre Namen und Formen –, und dass er das alles in einem Buch aufgeschrieben hatte. Er könne es für mich holen, wenn ich wolle. Er besaß sogar eines, einen Trilobiten, und außerdem mehrere Fossilien von Pflanzen. Er war nicht der Auffassung, dass tierische Fossilien den pflanzlichen Fossilien weit überlegen waren. Sein bester Freund, der sich übrigens immer noch für Fossilien interessiert, obwohl er schon neun ist, bevorzugt Tiere. Das ist eine Fehlannahme, schließlich bewegen sich die Fossilien ja nicht. Sie werden ja nicht beginnen, erklärte der Junge, sich wie ein Tier zu bewegen. Ob ich denn wisse, was Fossilien seien?

Ich sagte, dass ich das wisse.

Sicher, sicher.

Seine Stimme klang danach, als könnte er mir das nicht einfach so glauben, nicht einfach so.

Sein Vater kam heraus und brachte die Papiere mit, die er mir zeigen wollte. Sie waren von einem anderen Ort in diese Stadt gezogen. So etwas möchte der Zensus doch wissen.

Eigentlich interessiert es mich kaum, aber wenn eine Person in ein anderes Zimmer geht, um Papiere zu holen, dann warte ich einfach. Ich lerne dabei, wie man darauf wartet, dass etwas passiert, und das kann fast alles sein.

Was meinst du?, fragte der Mann. Reicht das?

Oh, ja, sagte ich. Das ist sehr gut.

Als wir in dieser Nacht weiterfuhren, erzählte ich meinem Sohn von der Einsamkeit, die manche Menschen befällt, die allein sind. Andere Leute, so erklärte ich, sind genauso allein, aber fühlen sich nie einsam. Warum ist das so?

Wir dachten eine Weile darüber nach.

Ich erzählte ihm, dass ich ständig über Kormorane nachdachte, wegen meiner Beschäftigung mit Mutter. Alle Bücher hier im Auto hat Mutter geschrieben.

Wenn ich die Gedanken an Kormorane, Gedanken, die, sogar jetzt noch, über mir in der Luft schweben, mit den Überlegungen zur Einsamkeit und ihren willkürlichen Auswirkungen zusammendenke – es scheint fast so, als wären manche zur Einsamkeit hingezogen wie zu einer Kunstform –, landen wir bei der Frau auf San Nicolas Island, die, so scheint es, nicht besonders unter den Schrecken der Einsamkeit gelitten hatte. Das Auto rumpelte und ich erzählte meinem Sohn mit großer Freude die Geschichte, dass sie achtzehn Jahre auf der Insel verbracht hatte, als diese 1853 entdeckt wurde. Als sie mit ihren Rettern die Küste erreichte, trug sie ein grünes Kleid aus Kormoranfedern, ein Kleid, wie man es noch nie gesehen hatte. Das Kleid, das zu ihrer zweiten Haut geworden war – wie ein Krabbenpanzer, dieses Kormorankleid hatte sich absurderweise um sie herum geformt, zusammengehalten von Walsehnen –, dieses Federkleid war das äußerliche Zeichen ihres Schicksals und stellte in gewisser Weise auch den Hauptteil dessen dar, wonach man sie beurteilen konnte, in jeder anderen Hinsicht war sie recht unauffällig – abgesehen von ihrer wundersamen Fähigkeit zu überleben.

Er wollte wissen, wo das Kleid war.

Ich sagte ihm, das Kleid befinde sich im Vatikan, weil es rätselhaft war, weil es sich unserer Erkenntnis entzieht und weil es deshalb von unschätzbarem Wert war, unbezahlbar, wurde es in den Vatikan gebracht, einen Ort, der dafür bekannt ist, Lagerstätte für jene Dinge zu sein, die man nicht verstehen kann, die aber aufbewahrt werden müssen. Ich sagte, dass das gleichzeitig auch ein Witz sei, weil angenommen wird, das Kleid sei irgendwo im Vatikan verloren gegangen. Er lachte nicht, sondern schaute mich ruhig an und wartete.

Die Straße vor uns ging nach unten, unten, unten. Sie führte in eine Kluft, sodass wir uns auf etwas zubewegten – das man nur schlecht sehen konnte. Außerdem war es Nacht. Ich erzählte weiter:

Sie sang für ihre Retter und für andere dieses Lied: *Toki Toki yahamimena/ Toki Toki yahamimena/ Toki Toki yahamimena/ weleshkima nishuyahamimena/ weleshkima nishuyahamimena/ Toki Toki yahamimena …*

Mein Sohn fragte mich nicht, was dieses Lied bedeutete. Das liegt daran, dass er solche Fragen nicht stellt. Die Vorstellung, dass dir jemand erklären kann, was eine bestimmte Sache bedeutet – gehen wir davon aus, du kannst diese Sache in ihrer Gesamtheit überblicken, weißt aber nicht, was sie bedeutet, also wartest du darauf, dass es dir jemand vermittelt –, ist ihm fremd. Wenn etwas vollständig verborgen ist und ein kleiner Teil ist zu sehen – ja, dann fragt er vielleicht danach. Aber wenn es um einen Hasen oder eine Geode geht, dann fragt er nicht, was das bedeutet. Da könnte man auch fragen, was ein Kaleidoskop bedeutet. Was soll es denn bedeuten?

Trotzdem wollte ich ihm erzählen, was dieses Lied bedeutet, also tat ich das auch. Ich sagte, es gebe viel darüber zu sagen – und wenig. Jemand hatte die Zeilen übersetzt: *Ich bin zufrieden, weil ich den Tag schon sehen kann, an dem ich diese Insel verlassen möchte.* Aber das ist aus vielen Gründen problematisch, besonders weil ja absehbar ist, dass diese Übersetzung vom Wissen um das Schicksal der Frau beeinflusst wurde. Es scheint so, als hätte sie das Lied einem Otterjäger vorgesungen, der es wiederum viele Male einem guten Freund vorgesungen hat, sodass auch der es im Gedächtnis behielt, es in seinem Herzen aufbewahrte, und es war dieser Mann, der es Jahrzehnte danach für jemand anders rezitierte, einen Mann mit dem wundervollen Namen Talawijashwit, der uns die oben stehende Übersetzung übermittelte. Es gibt einen Wachszylinder aus dem Jahr 1913, auf dem eine Stimme zu hören ist, die diese Worte singt; das ist übrigens auch jenes Jahr, in dem die meisten Toten durch Blitzschlag verzeichnet wurden.

Eine andere Auffassung dieser Sache ergibt sich, wenn man zu der Ansicht gelangt, dass das Lied, das sie auf der Insel gesungen hatte, welches auch immer es war, gleichzeitig zwei verschiedene Bedeutungen hatte. Die erste ist der Inhalt der Worte und die zweite, ich bin zufrieden, weil ich den Tag schon sehen kann, an dem ich diese Insel verlassen möchte.

Alternativ könnte man auch sagen, dass sie gerade deshalb nicht gestorben ist, weil sie es sich auf der Insel bequem gemacht hatte. Im Prinzip musste sie die Insel gar nicht unbedingt verlassen.

Mehr als hundert Jahre später fand man Kisten in der Höhle, in der sie gelebt hatte, wunderschöne Kisten aus Rotholz, die Hunderte Artefakte, Angelhaken, Muschelgeschirr, Ocker und

Ornamente aus Speckstein enthielten. Das Haus, das sie aus Walknochen erbaut hatte, wurde ebenfalls gefunden, es stand noch immer auf einer Anhöhe über dem Meer.

Es braucht nicht viel, um sich vorzustellen, wie sie an einem Morgen des Jahres 1841 Tiere wie die Kormorane beobachtet, die immer wieder vor und zurück über die, in die und entlang der Wellen vorbeifliegen. Da war sie gerade dreißig, stand voll im Leben. Wenn sie wirklich diese Worte im Mund führte, *Toki Toki yahamimema*, und wenn diese Worte wirklich etwas mit dem Tag zu tun hatten, an dem sie fortgehen würde, dann frage ich mich, ob im Laufe der Jahre für sie der Zeitpunkt, zu dem sie die Insel verlassen würde, mit dem Zeitpunkt ihres Todes verschmolz, ob das Lied also zugleich die tiefe Würde des Lebens besang und darum flehte, aus diesem Leben zu entkommen. Was von dem, was kommen würde, wenn sie die Insel verlassen würde, hätte sie denn wissen können?

Tatsächlich lebte sie nur mehr sieben Wochen und wurde in einem namenlosen Grab bestattet, nachdem sie das Festland erreicht hatte, und während dieser Zeit war es ihr nicht möglich, sich mit jemandem zu verständigen, weil niemand mehr übrig war, der ihre Sprache gesprochen hätte. Alles, was sie tun konnte, war, ihr Lied wieder und wieder zu singen. Es würde mich interessieren, wie sie es gesungen hatte, eher geflüstert oder mit lauter Stimme.

Die menschliche Reaktion auf das Epos ist dann am verträglichsten, wenn es sich woanders abspielt. Die mythischen Dinge, die direkt vor uns stehen, in Kormorankleidern – was besitzen wir denn schon, was können wir überhaupt im Austausch dafür anbieten?

Mutter wusste von der Frau auf San Nicolas Island, dessen bin ich mir sicher. Sie erwähnt sie auch, aber ich kann die Stelle beim besten Willen nicht finden. Meine Erinnerung daran ist folgende: Mutter tut ihr Bestes, um die Verbindung zwischen der Frau und den Kormoranen zu kappen. Das Kleid aus Koromoranfedern ist für sie nicht relevant. Der zweckdienliche Gebrauch des Federkleides war vielleicht einfallsreich, demonstriert aber keinerlei Verständnis dafür, was es bedeutet, ein Kormoran zu sein.

Für sie hat die Frau auf San Nicolas Island nicht begriffen, worum es geht.

Man könnte aber sagen, dass die wasserdichten Federn, falls die Frau mit dem Kleid tauchen war, ein grundsätzlich nützlicher Teil des Kleidungsstücks waren. Ich stelle mir vor, wie ich diesen Punkt trotzig Mutter gegenüber vorbringe, auch wenn ich mir sicher bin, dass sie ein Gespräch über Kormorane mit einem anderen menschlichen Wesen niemals toleriert hätte.

Die größte Verachtung, die Mutter hegte, und sie hegte eine Menge, hatte sie für die Kormoranfischer. Der Kormoranfischer, sehr einfallsreich in seiner Brutalität, bindet eine Schnur um den Hals eines Kormorans, dem er beigebracht hat, ihm zu vertrauen. Die Schnur ist so eng, dass der Kormoran zwar einen kleinen Fisch schlucken kann, aber keinen großen Fisch. Der Fischer sitzt also im Boot, während der Kormoran taucht und schwimmt und Kormorandinge tut. Irgendwann findet der Kormoran, unter all den Elementen, die ihm in seinem Kormoranleben begegnen, einen prächtigen Fisch. Er versucht, den Fisch zu schlucken, findet aber bald heraus, dass das seltsamerweise nicht geht. Er ist unter Wasser, einen Fisch im Maul, und droht an diesem Fisch zu ersticken. Also sucht er nach Hilfe, und die Person, zu der er geht, ist der Fischer. Aus Sicht des Fischers sitzt er einfach nur im Boot, sein zahmer Kormoran schnellt aus dem Wasser, einen Fisch im Hals. Der Fischer zieht ihm den Fisch aus dem Hals und rettet den Kormoran. Der Kormoran kehrt zu dem zurück, was er gerade getan hat, und das führt ihn unerbittlich zu einem weiteren Fisch, der zu groß ist, um ihn zu schlucken.

Ich kümmere mich nicht großartig um die Wochentage, aber ich weiß, dass es ein Dienstag war, als wir durch Zufall in eine Geburtstagsfeier geraten sind.

Ich weiß das vor allem deswegen, weil der Mann, der Geburtstag feierte, Dienstag hieß. Seine Eltern hatten ihm wohl einen Streich gespielt. Er hieß Dienstag, sein Bruder Mittwoch, seine Schwester Donnerstag.

Dienstag kam an die Tür und trug ein fürchterliches Geburtstagslätzchen. Er wollte nichts mehr, als dass wir mit ihm und seiner Familie an seinem Geburtstag zu Abend essen, ein wirklich vorzügliches Mahl. Sein Sohn, seine Ehefrau, seine Tochter, seine Mutter, alle waren da. Es wurde viel gesungen, aber es gab keine Geschenke. Dienstag hatte offenbar alles, was er sich wünschte. Das Einzige, was ich mir wünsche, sagte er, ist, dass mich niemand mit Geschenken belastet.

Wir saßen auf Stühlen draußen am Rasen, bis es dunkel wurde. Mein Sohn schlief. Dienstag bot uns an zu bleiben. Ich bedankte mich, aber ich hatte das überwältigende Bedürfnis, weiterzufahren. Ich wollte so weit wie möglich nach Norden gelangen. Irgendwie hatte ich durch seinen Geburtstag den Eindruck gewonnen, dass ich, auch wenn ich keinen weiteren Geburtstag zu erwarten hatte, doch darauf zusteuern sollte, mich durch die Zeit bis zum Jahreswechsel zu zwingen. In diesem Fall bedeutete das, meinen Sohn zum Auto zu bringen, ihn mit einer Decke zuzudecken und in der Nacht auf einer Straße weiterzufahren, die ich kaum sehen konnte. Immer, wenn das Licht der seltenen Lampen den Asphalt erhellte, erschien es mir zu fremd, furchterregend abstrakt, gleichzeitig näher und weiter weg, als ich es jemals erwartet hätte.

Als junger Chirurg wird man oft in Situationen gebracht, die man nicht für möglich gehalten hätte. Was alles schon von Anfang an schiefgehen kann – bevor man in eine solche Situation kommt –, hält man nicht für möglich: dass man in eine solche Situation gerät und dass man gebeten wird, irgendetwas in Ordnung zu bringen. Du denkst, dass es absolut offensichtlich ist, dass hier nichts mehr getan werden kann. Aber trotzdem, so oder so – oder einfach durch Zufall – kommt es immer wieder vor, dass die schlimmsten Dinge passieren und dass du gerade Dienst hast. Die Schwestern schauen dich an. Die anderen Ärzte schauen dich an. Manchmal schaut die Patientin, bei Bewusstsein, dich an. Alle fragen sich – was wird er tun? Wie wird er das wieder in Ordnung bringen? Ganz abgesehen davon, dass manchmal niemand so richtig weiß, was „das" überhaupt ist.

Infolgedessen entwickelt man eine Art Anlage – ich will damit nicht sagen, dass man auf das Schlimmste vorbereitet ist, weil man sich einfach nicht *auf das Schlimmste* vorbereiten kann. Trotzdem gewöhnt man sich an die absurde Idee, dass einen die schlimmsten Dinge heimsuchen, als hätte eine Art übernatürliche Macht sie geschickt, und dass man im besten Fall darauf warten kann, dass der Sturm vorüberzieht. Wenn also ein Bein von einem Müllauto zermalmt wurde und du dieses Spektakel auf dem Operationstisch betrachtest, dieses Spektakel des Operationssaals, du selbst als Spektakel, mit dem Skalpell in der Hand, überlegst, was zu tun ist (du schaust wie von oben auf dich selbst herab), dann ist es nicht nur eine Frage der Einschätzung – wie kann man das in Ordnung bringen, was kann ich tun, um das in Ordnung zu bringen –, da ist auch noch etwas anderes – du spürst dann, wie absurd das Leben wirklich ist, dass es keinerlei Sinn hat, dass es nur aus Objekten unterschiedlicher Größe besteht, die im Raum zusammenstoßen, wenn sie so viel Glück haben, einander nah zu sein.

Ich verfügte über einen starken Hang zu effektiven Aktionen, gepaart mit philosophischen Betrachtungen – das wurde umso stärker, je älter ich wurde, die Schwestern und Ärzte hatten sich in den Jahren, bevor ich meine Praxis aufgab, schon an die seltsamen Monologe gewöhnt, die ich vortrug, während ich operierte. Das Ganze wurde zum Running Gag – und war besonders lustig, weil die Einsichten, zu denen ich in diesen Momenten gelangte, tiefgründiger waren als zu jedem anderen Zeitpunkt. Würde ich etwa jetzt, in diesem Moment, zu sprechen versuchen, ich bin sicher, dass ich nur Unsinn von mir geben würde, Gefasel. Doch in diesen Momenten, während ich operierte, war ich inspiriert.

Ich erinnere mich an den Tag, als ich meine Arzttasche bekam – eine schwarze Ledertasche mit Instrumenten. Das ist lange her, ich glaube nicht, dass heutzutage noch jemand so eine Tasche besitzt. Für mich war es aber eine große Sache, und ich erinnere mich, dass ich sie mit Schrecken angeschaut habe und an all die Situationen gedacht habe, für deren Bewältigung ich jetzt angeblich qualifiziert war, obwohl ich nur über diesen absolut unzulänglichen Werkzeugkoffer verfügte. Das Wunder der Medizin besteht darin, dass sich überhaupt jemand wieder erholt, von einer noch so kleinen Verletzung, und vieles davon ist einfach Zufall und auf die natürliche Heilkraft des Körpers zurückzuführen. Eigentlich tut man uns Ärzten keinen Gefallen mit dem Glauben, den die Menschen in uns setzen, denn wenn alles gutgeht, dann ignoriert man uns, aber wenn etwas schiefgeht, werden wir verantwortlich gemacht. In Wahrheit haben wir oft gar nicht so viel damit zu tun.

Ich erinnere mich an den Fall eines alten Mannes, der zu mir kam. Er klagte über Schmerzen im Arm. Ich untersuchte ihn – das war in einem kleinen Provinzspital – und mir fiel auf, dass er sich die rechte Schulter ausgekugelt hatte. Ich behandelte ihn und er wurde aus dem Krankenhaus entlassen. Zwei Stunden später war er zurückgekehrt, aber warum? Weil sein linker Arm gebrochen war. Die rechte Schulter war, so formulierte er es, seit Jahren so. Ich hatte das falsche Problem gelöst.

Als ich die Papiere unterschrieb und mich und meinen Willen damit dem Zensus unterwarf, erfuhr ich von einem seltsamen Umstand. Diejenigen, die im Namen des Zensus reisen – ihnen werden nicht nur alle Sonderrechte oder besonderer Schutz verwehrt, über den andere Arbeitnehmer verfügen, sie verzichten sogar auf ihr grundlegendes Schutzrecht. Jeder darf einen Volkszähler verletzen, angreifen, töten, schädigen und daraus entstehen keine juristischen Schadensansprüche.

Warum ist das so? Die Volkszähler müssen einen völlig harmlosen Eindruck hinterlassen, selbst wenn ihre Anwesenheit aufgrund der Verantwortung, die man selbst für diese Anwesenheit trägt, schädlich sein könnte. Das bedeutet – niemand würde einen Volkszähler in sein Zuhause lassen, wenn es möglich wäre, für dort entstandene Verletzungen geklagt zu werden.

Diese völlige Schutzlosigkeit hat zu bestimmten Zeiten schon zum Tod von Volkszählern an gewissen Orten geführt, unter Umständen, die, hätte es sich bei den Volkszählern um normale Bürger gehandelt, als Mord eingestuft worden wären. Welche Einstellung hat das Zensusbüro zu dieser abstoßenden Situation? Wenn ich mich festlegen müsste, würde ich sagen, die Grundidee, dass wir alle am Leben sind und ein jeder und jede seine oder ihre Ziele verfolgt – diese Idee ist in den Institutionen des Zensus sehr umstritten. Sie würden wohl eher sagen, dass der Zensus ein großes Werkzeug ist, das aus vielen lebendigen Zellen besteht – und jede Zelle ist ein Volkszähler. Für sich genommen hat niemand einen Wert, aber alle zusammen, na ja, du verstehst.

Betreffend die Schwierigkeiten, die dadurch unmittelbar entstehen, große Schwierigkeiten bei der Rekrutierung, wie man sich vorstellen kann, hat es sich herausgestellt, dass sich der Mythos des Volkszählers, wenn überhaupt, durch die Idee, dass Volkszähler völlig wehrlos waren, sogar noch vergrößert hatte. Die Leute suchen immer eine neue Klasse von Märtyrern. Im Volkszähler wurde der moderne Märtyrer gefunden.

Einige der Regeln des Zensus bewahrte ich auf einem kleinen Anschlagzettel im Handschuhfach auf. Ich weiß nicht, wozu der Zettel gedacht war oder wo er angebracht werden sollte. Darauf stand sehr akkurat gedruckt Folgendes:

Wenn du in ein Haus eingeladen wirst, musst du annehmen.

Du darfst niemals jemanden durch deine Worte oder Taten verletzen, auch nicht, wenn du dein eigenes Leben verteidigst.

Trage saubere, repräsentative Kleidung.

Keine Beschwerden. Der Ruf des Zensus darf nicht beschädigt werden.

Erwarte niemals Hilfe von irgendwem. Für dich gibt es keine Hilfe.

Schick die ausgefüllten Dokumente einmal im Monat an das Büro, von dem aus du aufgebrochen bist.

Ich wollte noch etwas erwähnen, habe es aber vergessen:

Der Vater des fossilienjagenden Kindes, ein Mann mit blassrotem Haar, erzählte mir im Vertrauen, dass er von einem weit entfernten Bezirk hierhergezogen war, weil er zu einer Zeugenaussage gezwungen worden war, einer Zeugenaussage in einem Kriminalfall. Er hatte in der Straße vor seinem Haus einen Mord beobachtet. Er war nicht allein, als er das beobachtet hatte. Dutzende Leute hatten es gesehen. Das Problem war, dass der Mörder ein sehr einflussreicher Mann war. Deshalb wollte niemand aussagen.

Ich musste an meine Frau und meinen Sohn denken, sagte er. Ich wollte es nicht tun, aber dann stimmte ich doch zu. Ich sagte aus.

Musstest du vor Gericht?

Ich ging in den Zeugenstand und auf Basis meiner Aussage wurde er verurteilt und gehängt.

Aber warum hast du es dir anders überlegt – warum hast du ausgesagt, obwohl du dich dagegen entschieden hattest?

Zu diesem Zeitpunkt hatte seine Frau das Zimmer betreten. Sie war eine kleine Frau mit blassen Augen und schimmernder, wunderschöner, beinahe obsidianfarbener Haut. Sie trug einen rechteckigen Hut auf dem Kopf und ich war wie gebannt. Aber sie beobachtete ihn.

Sie beobachtete ihn, um zu sehen, was er auf meine Frage antworten würde, und als er nichts sagte, lachte sie.

Warum sagst du dem Mann nicht, warum du ausgesagt hast, warum sagst du es dem Mann nicht?

Sie schaute mich an. Es ist ein Rätsel, merkst du das nicht?

Sie lachte und lachte. Ich mag es so sehr, sagte sie, das Grauen unseres Lebens, das uns hierhergebracht hat. Sagen wir so, siehst du diesen Baum dort?

Ich schaute in die Richtung, in die sie zeigte, aus dem Fenster auf einen hohen Baum in einem abschüssigen Park neben der Bank.

Ich sehe ihn.

Wenn der Mann jetzt in dieser Minute dort hängen würde und du ihn sehen könntest, wäre dir alles klar.

Ich dachte einen Moment darüber nach. Oh.

Ja, sagte sie, und sie lachte noch immer. Sie waren Brüder, Zwillingsbrüder.

Sie nahm seinen Arm und die beiden standen beieinander. Er hatte nicht gelacht, aber er sagte:

Ich bin froh, dass wir darüber lachen können. Wirst du mit uns lachen?

Ich war mir nicht sicher, was sie von mir wollten. Ich nickte.

Er nahm ein Bild vom Kaminsims, zwei Jungen, die an einem Zaun stehen. Im Hintergrund war ein Pfau.

Welcher bin ich?, fragte er.

Mein Sohn ist schon oft verloren gegangen. Immer, wenn wir irgendwo hinkommen, liebt er es, etwas Bestimmtes zu tun, und das ist wegzulaufen. Wenn er das tut, ist es unmöglich, ihn wiederzufinden, er ist so beschäftigt damit, all die Eindrücke zu verarbeiten, in einer solchen Menge, auf einem solchen Rummelplatz, in einem solchen Zoo, einem solchen Zirkus, Promenade, Gehsteig, städtischen Bahnhof, dass er nicht dabei mithilft, gefunden zu werden. Wenn er wieder gefunden wird, dann ist klar, dass er, wenn überhaupt, mit großer Bestimmtheit, aber völlig passiv, daran gearbeitet hat, nicht gefunden zu werden. Damit meine ich, dass er sich in die Umgebung einfügt, sich freut, alles zu lernen, was es dort zu lernen gibt, und keinerlei Anstrengung unternimmt, auf sich aufmerksam zu machen, darin ist er sehr geübt. Wie oft konnte man meine Frau und mich dabei beobachten, wie wir irgendeinen Ort durchkämmen, manchmal mit der Hilfe von einem Dutzend Menschen, um ihn zu finden. Wo findet man ihn? Er sitzt in einer Auslage und isst mit einer alten Frau eine Tüte Eis. Oder er fährt mit einer Familie asiatischer Touristen auf einem Flamingo-Boot. Oder er sitzt auf dem Boden, versunken in das wogende Meer der Beine.

Es stimmt sicher, dass die Welt zu jeder Zeit faszinierend ist. Jeder Teil der Welt ist zu jeder Zeit faszinierend. Es gibt keine legitime Einteilung, die verwendet werden könnte, um die Wirkung einer Sache über die einer anderen zu stellen. Wenn er also beschließt, dieses oder jenes zu beobachten, und, so nehme ich an, sein Herz einen Sprung macht und sich in die Sache einfühlt, die er beobachtet, egal, ob es ein Riesenrad oder eine Schildkröte ist, konnte ich noch nie dagegen Einspruch erheben und ich habe auch noch nie versucht, etwas zu ändern, das in meinen Augen von großem Einfallsreichtum zeugt, in jedem Augenblick etwas Tiefgründiges zu sehen. Meine Frau war der gleichen Ansicht, aber wir haben dafür gelitten. Die langen Entschuldigungen, die wir den Legionen von Helfern zukommen lassen mussten. Aber seltsamerweise war uns nie jemand böse. Die Menschen schließen ihn schnell ins Herz, das hat immer geholfen.

Dass wir die Menschen markieren müssen, die dem Zensus unterworfen sind, ist klar. Wie diese Markierung allerdings aussieht – sozusagen, welche Merkmale sie aufweisen muss –, wird von einer Anordnung des Zensusbüros geregelt. Sie prangt im Auge jedes Volkszählers. Trotzdem, die Art, wie die Markierung angebracht wird, ist völlig unklar.

Ja, es ist eine Tätowierung. Aber wie wird sie erschaffen? Ein Volkszähler zeigte mir eine Art Tintenpistole, ähnlich einer Klammermaschine, die auf den Rippen aufgelegt wird und das Tattoo in einem Schwung ins Fleisch stempelt. Vielleicht bin ich ja altmodisch, aber ich finde diese Maschine abscheulich und würde so etwas nie verwenden.

Es könnte sein, dass mich mein beruflicher Hintergrund als Arzt auf die Arbeit des Tätowierens vorbereitet hat. Tatsächlich stört es mich keineswegs, auch wenn ich in Wahrheit niemals irgendein anderes Tattoo gestochen habe als die Markierung des Zensus.

Ich verwende für diese Arbeit eine mechanische Tattoo-Nadel und frische schwarze Tinte, mit deren Herstellung ich mich vertraut gemacht habe, falls sie mir jemals ausgehen sollte. Die Gefahr einer Blutvergiftung wird durch frische Nadeln abgewendet. Da sehe ich Schwierigkeiten voraus, ich kann nicht für immer sagen, ob ich Zugriff auf frische Nadeln haben werde. Deswegen habe ich ein Handbuch über alte Methoden des Tätowierens gelesen, falls es dazu kommt, dass ich meine mechanische Nadel beiseitelegen muss. Um ganz ehrlich zu sein, sehne ich mich nach der damit einhergehenden Vereinfachung, weil ich mir einige Filme über die alten japanischen und polynesischen Methoden angesehen habe, und ich finde das sehr anziehend, auch wenn ich tief in mir weiß, dass sie schmerzhaft sind und ich mir damit jede Menge Ärger einhandeln würde.

Vielleicht fragst du dich, wie wir jede Nacht einen Schlafplatz gefunden haben? Die Wahrheit ist – wir haben oft im Auto geschlafen und obwohl es Winter war, war das nicht so schlimm, weil dieses Auto, hergestellt von der Firma Stafford, die es schon lange nicht mehr gibt, über eine eingebaute Heizung verfügt, die auch betrieben werden kann, wenn das Auto nicht läuft. Sie heizt aber nur den vorderen Teil.

Das Auto war ein altes Taxi und die Idee war wohl, dass es Sprit sparen würde, wenn der Motor nicht läuft, während das Taxi in kalten Nächten auf Kundschaft wartet. Also versorge ich den kleinen Ofen hin und wieder mit seinem eigenen Spritvorrat und dann springt er während der Nacht regelmäßig an, alle fünfzehn Minuten für eine oder zwei Minuten, gerade lange genug, damit wir nicht erfrieren.

Das Fahrzeug wurde ursprünglich Kutschenauto genannt (in einem Wort), aber es wurde rasch als *Stafford Grobian* bekannt – die Polizei verwendete das Auto als Gefangenentransporter. Ich kaufte unseres für fast nichts bei einem Gebrauchtwagenhändler, mit der Absicht, ein Auto zu besitzen, das wir nicht verwenden wollen und das uns daher dazu zwingt, zu gehen oder mit dem Rad zu fahren. Meine Frau war mit die sem Vorschlag einverstanden und wir hatten das Automobil kaum in Verwendung.

Für den Stafford war das also ein Moment des pulsierenden Lebens. Wahrscheinlich hatte er im Hof neben unserem Haus nicht gerade viel Spaß gehabt und jetzt verschlang er die Straßen, die Reifen rollten auf jeder Art von Untergrund, trotzten Regen und Schnee, umfuhren die Ränder überfluteter Straßen. Was für ein Leben!

Als mein Sohn jung war, schrieb meine Frau ein Buch für ihn, in dem der Stafford eine Figur war. Das wurde zum Prüfstein, und, wie sich herausstellte, war das auch zentral, damit er sich mit dem Gedanken an diese Reise anfreundete. Ja, wir würden weit weg gehen, an Orte, wo wir noch nie gewesen waren. Ja, wir würden vielleicht nicht zurückkommen. Aber wir fahren mit dem Stafford-Kutschenwagen. In diesem Sinn wird alles immer so bleiben, wie es ist. Verstehst du das?

F

In einem Haus am Rand von F lebten zwei Frauen. Wir kamen von außen, also war das der erste Ort, an dem wir haltmachten. Ich wollte vorbeifahren, aber mein Sohn bestand darauf. Warum bestand er darauf? Ich glaube, weil die Fassade ein rundes Fenster hatte.

Im Hof gab es einen verwahrlosten Garten und keine freie Einfahrt. Ich parkte auf dem Gras und wir gingen um den Garten herum. Mir fiel ein verfaulter Kürbis auf und noch weitere Anzeichen dafür, dass auch so manches andere nicht geerntet worden war. Das Haus war eine dieser falschen Holzhütten. Was ich meine ist: Außen sieht es so aus, als wäre es aus Holzstämmen gebaut, aber das ist es natürlich nicht. Solche Häuser habe ich immer besonders gehasst.

Als wir an die Tür klopften, wurden wir von jeder Menge Gebell begrüßt. Nach einiger Zeit kam jemand – eine Frau, zum Ausgehen gekleidet, Mantel und der ganze Rest. Die Hunde drückten sich an uns vorbei, und sie tat das auch.

Was wollt ihr? Ach, klopft einfach noch mal – meine Schwester kommt. Und ich bin bald zurück.

Sie ging über den Hof und die Straße hinunter, wurde kleiner und kleiner, kleiner und kleiner, bis die immer dünner werdende Hundeleine nicht mehr zu sehen war, und bald war sie auch nicht mehr zu sehen.

Wir klopften noch einmal. Dieses Mal kam eine junge Frau zur Tür.

Man kann meiner älteren Schwester nicht vertrauen, sagte

sie, als wir mit ihr an einem Feuer saßen, das sie selbst vor unseren Augen gemacht hatte.

Ich bezweifle, dass sie heute zurückkommt. Sie hasst Fremde, und Männer, und fremde Männer am meisten. Sie mag keine Reisenden und alte Männer, und alte Reisende. Sie mag keine Fahrer, sie mag keine Musiker, sie mag keine Landstreicher. Habt ihr einen Hund? Sie toleriert Hunde, solange es ihre sind, aber eurer wäre ja eurer, also würde sie ihn wahrscheinlich auch nicht mögen, außer ihr gebt ihr den Hund, was sie aber niemals akzeptieren würde, niemals.

Ihre Schwester war die berühmte Comic-Autorin G. Salter. Die beiden Schwestern lebten von dem Geld, das die Bücher einbrachten, und deshalb war die jüngere Schwester natürlich sehr dankbar. Sie drückte es so aus, *Ich wurde ohne feste Absicht auf die Welt gebracht*, also bin ich sehr glücklich, dass mir eine Person, die ihren Lebensunterhalt verdienen kann, zur Seite gestellt wurde. Ich denke, ohne meine Schwester würde ich als Prostituierte durch die Straßen ziehen. Sie lachte und sagte es noch einmal. Ich wäre bloß ein leichtes Mädchen auf der Straße. Würde meinen Minirock heben!

Sie schaute mich plötzlich an, tat so, als würde sie zögern. Aber du bist schon ein bisschen alt für solche Dinge, oder?

Sie lachte mitten in ihre vorgetäuschte Zögerlichkeit hinein.

Ich bin die Leute, die in dieser Stadt leben, schon so leid! Wenn du ein junger Mann wärst, ich würde dich in dieser Minute mit aufs Zimmer nehmen. Ich würde dich praktisch mit Sex totschlagen. Aber du bist schon etwas älter, nicht wahr?

Sie lachte und lachte.

Ich bin überrascht, dass du keinen Stock benutzt. Soll ich dir einen holen? Ich glaube, wir haben hier irgendwo einen, den wir nicht brauchen. Ha. Du und ich, ich wette, wir könnten nicht miteinander schlafen, selbst wenn wir es versuchen würden, selbst wenn wir wollten, unbedingt wollten. Wir würden nur im Bett herumrollen und nichts würde passieren, gar nichts. Wir wären wie Kinder bei einer Pyjamaparty. Wie armselig. Weißt du, dass ich der Meinung bin, die menschliche Gattung sollte aussterben – dass das die letzte Generation sein sollte? Meine Schwester stimmt mir zu. Ich habe mich von einem Tierarzt sterilisieren lassen, als ich neun war. Sie war vierzehn. Wir haben uns in Tierhäute gehüllt und sind in die Praxis des Tierarztes geschlichen. Es hat total verändert, wie ich die Welt sehe, dieser Tag in der Praxis des Tierarztes. Ich erzähle dir das, damit du weißt – keine von uns wird jemals Kinder bekommen.

Sie lachte weiter und legte Holz nach.

Ich wusste nicht, was ich sagen sollte, also fragte ich, ob wir beginnen sollen. Und sie stimmte zu.

Die Angelegenheiten des Zensus waren erledigt, und dann die Markierung. Das war ein Schock für sie, wie sie es ausdrückte:

Ich sterbe immer fast, wenn ich auch nur im mindesten verletzt werde.

Danach fragte sie, ob wir über Nacht bleiben würden. Ich sagte, dass wir wirklich gehen sollten. Sie sagte, wir sollten einfach hierbleiben – es war schon so spät.

Das Patt wurde aufgelöst, als sich die Tür öffnete.

Ihr seid noch nicht weg, sagte die ältere Schwester. Ich habe die letzte Stunde im Hof darauf gewartet, dass du gehst, aber wenn du nicht willst, dann willst du eben nicht. Bringen wir's hinter uns.

Sie warf ihren Mantel über den Sessel. Die Hunde liefen in ein anderes Zimmer und man konnte sie weder sehen noch hören.

Du bist Volkszähler?

Woher weißt du das?

Sie schnaubte:

Ich gebe mir jeden Tag selbst eine Ohrfeige, warte einen Moment und schaue dann in den Spiegel. Wenn der rote Abdruck im Gesicht weggeht, dann wird es ein guter Tag. Wenn das Rot bleibt, dann weiß ich, dass mir etwas Erbärmliches zustoßen wird. In diesem Fall bist du es, ein Volkszähler. Du bist die Sache, die uns passiert.

Ich sagte, dass es nicht ganz so schlimm sei. Eigentlich sei es nur eine Formalität.

Das ist das Gegenteil einer Formalität, sagte sie. Es ist eine zielgerichtete Untersuchung.

Ich stimmte zu.

Sie schaute sich um und bemerkte, dass ihre Schwester keine Bluse anhatte.

So ist also die Lage, hm? Ich bin für eine Stunde weg und du wickelst deine Beine um die ersten Männer, die vorbeikommen, egal, ob sie alt oder blödsinnig sind? Ich bin es so leid, auf dich aufzupassen – wenn nur jemand kommen würde, der dich für immer wegbringt. Vielleicht schalte ich ein Inserat in meinem nächsten Buch, eine Art Gewinnspiel. Der Gewinner oder die Gewinnerin kriegt meine Nutte von Schwester und er/sie kann dann mit ihr machen, was auch immer er/sie möchte.

Sie verengte ihren Blick. Ihre Schwester machte keine Anstalten, ihre Bluse wieder anzuziehen, sondern rüschte ihr Haar auf, wie ein Mädchen aus einem alten Buch.

Sei ruhig, du! Das ist unfair – das ist nur die Tätowierung, die anzeigt, dass ich gezählt wurde. Und das wirst du auch bekommen, auch wenn wir dich dafür festhalten müssen. Also werden wir beide hier sitzen und die Hälfte unserer Kleidung hängt runter. Was sagst du dazu?

Wir blieben ein paar Tage dort und gingen nie in die Stadt. Es stellte sich heraus, dass die Schwestern ihre Bücher gemeinsam schrieben – als Co-Autorinnen –, und keine von beiden nahm irgendetwas besonders ernst, nicht im mindesten. Mein Sohn war sehr glücklich – er ging lange mit den Hunden spazieren und wir bekamen einige feine Mahlzeiten serviert. Ich erzählte ihnen vom Zensus und auch von meiner Frau – jemanden, die sie als kultivierte Personen kannten, jemanden, vor der sie Hochachtung hatten. Aber irgendwann war es Zeit zu gehen.

Als wir uns ins Auto setzten, als ich den Schlüssel im Zündschloss drehte und wir uns bereitmachten abzufahren, steckte die ältere Schwester ihren Kopf durch das Autofenster und sagte:

Wir besitzen einen Film, einen Film von einem Auftritt deiner Frau. Es ist der einzige, den ich gesehen habe. Kennst du ihn?

Ich sagte, ich habe einige gesehen. Von welchem denn die Rede sei?

Bei diesem steht ein riesiger Teller auf einer Bühne, eine Serviette, ein Löffel. Darüber schwebt riesiges Silberbesteck, gehalten von spektakulären mechanischen Armen. Deine Frau ist als Teil des Abendessens verkleidet und ihr Auftritt besteht darin, dem Besteck auszuweichen, während ein Mann einen Monolog durch ein Megafon vorliest. Kennst du die Geschichte des Stücks?

Ich schüttelte den Kopf. Natürlich kannte ich sie, aber ich mochte es, wenn sie mir jemand erzählte. Wenn die Person, die du geliebt hast, gestorben ist, nimmt man jedes Anzeichen, dass sie gelebt hat, dankbar an, oder du tust alternativ so, als sei noch nie etwas Gutes in der Welt geschehen. In diesem Fall war es Ersteres.

Die Schwester redete weiter, an unser Auto gelehnt, dort, sie stand beinahe in ihrem überwucherten Garten und redete mit aller Macht auf uns ein, dachte dabei aber nicht daran, sondern an einen fernen Ort und eine ferne Zeit, und wahrscheinlich gleichzeitig an eine vage Überblendung der Person, die sie selbst war, als sie den Film das erste Mal an einem anderen Ort und zu einer anderen Zeit gesehen hatte, und in dieser vagen Überblendung lag ein Gefühl von Dissonanz – ihr Verständnis der Welt zu diesem Zeitpunkt und ihr gegenwärtiges Verständnis. Solcherart wird man beim Erzählen einer Geschichte heimgesucht – denn die Briefmarke trägt nicht nur ihren ursprünglichen Abdruck, sondern auch den Abdruck ihrer jeweiligen Verwendung.

Die Schwester setzte fort:

Sie hatte es gemeinsam mit einem anderen Mädchen geschrieben, und sie führten es immer abwechselnd auf. In einer Aufführung in der Woche vor der Vorstellung, die sie gefilmt hatten, nur eine Woche davor, wurde das andere Mädchen von der Gabel zerquetscht und dabei getötet: genau in diesem Theater. Davor hatte sich niemand für die Show interessiert, sie wollten die Vorführungen schon einstellen, aber nachdem das passiert war, war der Zuschauerraum jede Nacht voll besetzt. *Das ist die Show, die einen Clown getötet hat.* Das sagten alle zueinander. Das wurde eine berühmte Sache. Vielleicht hast du davon gehört?

Ich sagte, dass der Film so geheißen habe: Die Show, die einen Clown getötet hat.

Ich kann mich nie daran erinnern, wovon der berühmte Monolog handelt, seltsam, denn, na ja, immerhin sind Monologe mein Ding. Wenn ich mir den Film anschaue, sind die Worte, die der Mann durch das Megafon ruft, absolut unbedenklich, vielleicht sogar lustig. Aber danach: nichts. Ich weiß nicht einmal, wer der Mann war.

Er war ein Säufer, sagte ich, eine durch und durch besoffene Person, die man kurz vor Beginn der Aufführung auf der Straße angeworben hatte. Aber, was den Monolog betrifft, daran erinnere ich mich auch nicht mehr. Ich weiß auch gar nicht, ob ich ihn überhaupt hören kann. Bei diesem Stück erinnere ich mich nur, ich erinnere mich an den Teil, wenn ...

Wenn Messer und Gabel beginnen, mit ihr zu spielen – du kannst spüren, dass sie wissen, dass sie schon einmal getötet haben und dass sie nur zu gern, nur allzu gern wieder töten würden. Das ist der Teil, bei dem du das Gefühl bekommst, sie weiß nicht, was sie da auf der Bühne tut – dass sie nur durch Zufall dort gelandet ist.

Ja, den Teil mag ich am liebsten.

Im nächsten Dorf, einem Satelliten von F, wollte mein Sohn den Zensus handhaben. Ich sagte ihm, dass er das tun könne, aber dass er, so wie ich das stets war, auf Ablehnung, Grausamkeit, Gleichgültigkeit vorbereitet sein müsse. Ich erklärte ihm all die furchtbaren Dinge, die passieren konnten.

Wir dachten uns eine vereinfachte Version für ihn aus. Ich sollte dabei sein Assistent sein.

Wir kamen zum ersten Haus. Ein Junge kam zur Tür. Dieser Grüßaugust ging wieder und kam mit einer größeren Version von sich selbst zurück. Die beiden begleiteten uns in die Küche, wo wir uns an den Küchentisch setzten. Der Mann versuchte, mir immer wieder in die Augen zu schauen, aber ich senkte stets meinen Blick. Die Fragen meines Sohnes lösten einiges an Verwirrung aus. Er wiederholte jede Frage viele Male (etwas, das auch ich immer wieder tun musste) und schrieb die Antworten in ein großes Folio-Notizbuch. Er kann nicht schreiben, aber er tut etwas, das aus meiner Sicht den Anschein des Schreibens vermittelt – es war also, als ob die Antworten in einem unleserlichen Simulacrum welliger Linien aufgezeichnet wurden. Der Mann versuchte immer, einen Blick auf das zu erhaschen, was da geschrieben wurde, aber mein Sohn hielt das Buch in einem Winkel, den man nicht einsehen konnte.

Ich übernahm die Markierung des Mannes, und er hatte Einwände – irgendwie war ihm die Bedeutung der ganzen Unternehmung nicht ganz klar. Zu diesem Zeitpunkt war ich gezwungen, ihm meine Papiere zu zeigen. Er beruhigte sich.

Wie hat es dir gefallen?, fragte ich meinen Sohn nach dem fünften Haus, einem besonders schwierigen Besuch. Die Leute im fünften Haus taten so, als würden sie meinen Sohn überhaupt nicht verstehen. Ich musste übersetzen. Zunächst einmal waren das keine freundlichen Leute. Sie waren nicht nett zueinander, sie waren nicht nett zu uns. Glücklicherweise hatte er nicht das Gefühl, dass er etwas falsch gemacht hatte. Ihm war klar, dass es schwierig war, den Zensus zu erteilen.

Fünf Visiten in dieser Stadt und er hatte das Gefühl, dass es genug war. Er fragte mich, was wir erreichen wollten. Ich sagte, dass auch mir das Schwierigkeiten bereitete. Es ist schwer, sagte ich, jemanden davon zu überzeugen, etwas zu tun, dessen Wert du nicht verstehst.

Aber zweifle ich, das fragte ich mich, als wir weiterfuhren, am Zensus an sich? Nein, tausendmal nein. Es geht dabei nur um meine spezielle Anwendung, eine Anwendung, die im Durcheinander versinkt, dem Durcheinander meines Lebens und meiner Umstände. Spät in der Nacht stelle ich mir vor, was ein echter Volkszähler tun würde, die Art seiner Ankunft beim Haus, die Begrüßung, die ihm zuteilwerden würde, welche Fragen er stellen würde, geschmückt, wie mit silberner Kleidung, vielleicht mit Mondlicht?

Dass es da etwas außerhalb von dir gibt, das sich danach sehnt, deine bescheidenen Umstände zu kennen, das sich danach sehnt, über jedes Detail deines kläglichen und gescheiterten Lebens Bescheid zu wissen: Was bedeutet das?

Ich legte die Formulare, die mein Sohn ausgefüllt hatte, zu den anderen Papieren und schickte sie gemeinsam ab, als wir das nächste Postamt erreichten. Vielleicht gibt es jemanden im Büro, der sehen kann, was mir verborgen bleibt – für den da etwas an jenen Orten vorhanden ist, an denen mein Blick nur zittert und versagt.

Ich glaube, ich bin dem Kormoran zuerst nicht in der freien Natur begegnet, sondern in den Seiten eines Buches – als ich als Junge *Das verlorene Paradies* gelesen habe. Satan verkleidet sich als Kormoran– und ich glaube, es ist nachvollziehbar, warum er das tut. Wir suchen uns Kostüme ja nicht nur nach ihrer Wirksamkeit aus, sondern auch, weil wir uns daran erfreuen und es uns gefällt, wie wir darin aussehen. Ich finde es lustig, mir Satan und die Frau von San Nicolas Island dabei vorzustellen, wie sie ein ähnliches Gewand tragen, auch wenn ich davon ausgehe, dass Satan auch einen Schnabel, Schwimmhäute, leichte Knochen et cetera hatte. Die Frage, ob Satan, wenn er eine bestimmte Form annimmt, wirklich diese Form ist oder nur den Anschein dieser Form erweckt, wurde auch von den Theologen nie zu einem schlüssigen Ergebnis gebracht, selbst wenn sie es versucht haben. Eine mögliche Antwort ist, dass er zwar nichts mit einem Kormoran zu tun hat, wenn er sich als Kormoran ausgibt, aber dass man, wenn man ihn betrachtet, das Gefühl hat, einen Kormoran zu sehen. Diese Art zu denken würde nahelegen, dass die Frau von San Nicolas Island, obwohl sie weder Schnabel noch Flügel von Satans Kormoran hat, der inneren Natur des Kormorans näher kommt als Satan.

In Wahrheit wusste ich zu diesem Zeitpunkt überhaupt nicht, wie ein Kormoran aussieht, also bedeutete es für mich auch nichts, zu wissen, dass sich Satan als Kormoran ausgab. Ich hatte die Vorstellung, dass ein Kormoran eine Art Krähe war.

Später lernte ich durch Mutter, dass ich mit dieser Vorstellung nicht allein war – sie ist völlig falsch. Der Kormoran ist kein Cousin der Krähenvögel.

Es gibt die Theorie, dass Milton Satan die Form eines Kormorans benutzen lässt, weil dieser wundervolle Wasservogel nicht besonders gut fliegen kann. Die Flügel des Kormorans sind zu kurz, um gut zu fliegen. Man könnte sogar sagen, dass er beinahe – dass er beinahe gar nicht fliegen kann. Tatsächlich kann der Kormoran durchaus fliegen, aber es ist sehr ermüdend für den Vogel. Der Grund dafür ist natürlich, dass er gut schwimmen muss, und elegante Flügel, die für die Luft gemacht sind, sind beim Schwimmen keine Hilfe. Für mich ergibt es durchaus Sinn, dass Milton wollte, dass sich Satan in der Luft etwas unwohl fühlt, eine Art Vorsichtsmaßnahme, eine Nuance Farbe, aber das stimmt dennoch nicht ganz mit der uns bekannten Fabel des Bösen überein, denn flüchten die Hexen nicht sofort in die Lüfte, wenn sie aufgescheucht werden? War Satan nicht selbst ein Engel?

Vor Jahren kam eine Frau mit einer rätselhaften Krankheit zu mir. Sie war eine Freundin meiner Frau.

Bleibt dieses Gespräch unter uns?

Ja, natürlich.

Ich habe langsam Schwierigkeiten dabei, meinen Mann zu erkennen.

Wie meinst du das?

Ich meine – ich erkenne ihn nicht mehr, wenn wir in einer großen Gruppe sind. Ihn in der Öffentlichkeit zu treffen ist hoffnungslos. Ich stehe dann einfach nur da und warte, bis er sich zu erkennen gibt. Mehr kann ich nicht tun.

Wenn das jemand anders tun würde, auf mich zukommen, wenn ich da in der Menge stehe – na ja, ich würde einfach mit dieser Person mitgehen. Ich kann beim besten Willen nicht sagen, wer er ist.

Die Frau war etwa fünfundvierzig, eine Theaterschauspielerin. Sie trug ihre Haare in aufwendigen Bienenstock-Frisuren und so weiter und hatte immer die feinsten Kleider an. Meine Frau machte sich endlos über sie lustig.

Ihr Mann war Ökonom. Das Problem war, je reicher sie wurden, desto mehr wurden die beiden wie alle anderen, bis zu dem Punkt, dass, wie sie sagte, sie ihn nicht mehr von jemand anderem unterscheiden konnte. Vermutlich war er in der gleichen Situation, aber er war zu stolz, um sich Hilfe zu suchen. Entweder das oder es kümmerte ihn nicht, weil er notorisch untreu war.

Nein, ich scherze nur. Der Geist webt die Dinge mal so und mal so. Die traurige Wahrheit war: Die Frau war schon lange eine zögerliche, langjährige Patientin von mir und ihr Mann war dieses Jahr gestorben und sie weigerte sich, das zu akzeptieren. Sie glaubte lieber daran, dass sie ihn nicht mehr erkannte, dass er ihr auf diese Weise verloren gegangen war, als seinen Tod zu akzeptieren.

Ich sagte zu ihr, es sei das Beste, jemand anderen zu finden, eine Person zu finden, von der sie Notiz nahm und die sie auch identifizieren konnte, und sich an diese Person zu binden (oder diese Person an sie). Der Zerfall deiner Ehe wird in der Anonymität besiegelt, die Anonymität, in der niemand mehr von jemand anderem zu unterscheiden ist. Du musst jemanden finden, der bemerkenswert ist.

Das war ein schlechter Rat, der auch davon angestoßen wurde, dass ich die Frau nicht ausstehen konnte. Ich denke, man kann sagen, wenn ich davon ausgegangen wäre, dass sie meinen Rat annimmt, wäre es falsch gewesen, ihr diesen Rat zu erteilen. Aber diese Frau hatte mich immer verabscheut und gab nichts auf meine Meinung. So gab ich auch nichts mehr auf die Ratschläge, die ich ihr erteilte. Ist das nicht die richtige Einstellung, der Inbegriff der Fairness? Vielleicht sagen deshalb manche: In der Medizin gibt es keine Fairness.

Im Allgemeinen habe ich die Bereiche des Arztberufs immer vermieden, die sich mit dem Geist beschäftigen. Im Studium hatte ich einen Freund, der sich darauf spezialisieren wollte.

Er hatte großen Erfolg, seine Sprache war eine Art Allheilmittel und ich hatte immer das Gefühl, dass es seine Fähigkeit war, Leute *gegen ihren Willen* zu überzeugen, die seinen Erfolg ausmachte. Meine Frau hasste ihn und duldete ihn nicht im Haus.

Das war eine unserer Regeln: Niemand durfte zu uns kommen, der nicht von allen gemocht wurde (von mir, meiner Frau, meinem Sohn – diesem Universum). Wir hatten nur wenige Gäste, klarerweise, aber diese wenigen – sie waren wunderbar!

Im Büro des Zensus musste ich eine Art Bewerbungsgespräch absolvieren. Ich hatte die Hoffnung, dass es einfach werden würde, ein Volkszähler zu werden. Ich hatte es eilig, ich starb; hat man es jemals eiliger?

Verlass den Raum, sagte der Zensus-Leiter (der lokale Büroleiter) zu mir. Verlass den Raum und komm wieder zurück, und wenn du das getan hast, dann erteile mir den Zensus, als wäre ich ein Fremder.

Ich ging hinaus, kam zurück, führte den ersten Teil des Zensus durch, auch den zweiten und dritten, bemerkte, dass ich den vierten beinahe erledigt hatte (was nicht immer der Fall ist), schloss alles ordnungsgemäß ab, verabschiedete mich und ging wieder hinaus. Dann wartete ich.

Man sagte mir, ich solle wieder hereinkommen.

Ich kam zurück.

Du bist zu formell, sagte er und klatschte sich mit der Hand auf sein Hosenbein, als wollte er Staub aus einem Handschuh schlagen.

Du bist zu formell und gleichzeitig bist du nicht formell genug. Du plapperst, wenn du zuhören solltest. Du stellst die Fragen, als ob die Antworten klar wären, anstatt sie so zu stellen, dass die Person aus sich heraustritt, dorthin, wo die Antwort zu finden ist. Sind Fragen so offensichtlich? Ich denke nicht. Lass nicht zu, dass du sie dazu machst.

Wenn du eine Frage stellst, dann willst du nicht die offensichtliche Antwort hören, die im Gehirn gespeichert ist. Das kannst du auch haben, ohne jemanden zu fragen – und damit allen den Aufwand ersparen. Stattdessen suchst du nach der nochmaligen Prüfung dieser Frage im Lichte der gesamten Lebenserfahrung dieser Person nach etwas, *das du nicht wissen kannst, bevor man es dir nicht sagt*.

Dein Körper, deine ausgestreckte Hand, die Spannung in deinem Gesicht, die Drehung deines Fußes – das alles muss rufen: Ich gebe dir hier und jetzt die Erlaubnis, ein geprüftes Leben zu führen, es beginnt jetzt, in diesem Moment, in dem ich dich etwas frage, und du arme Seele magst dein Leben nun in dem Lichte prüfen, das darauf fällt. Das ist ein Teil, nur ein kleiner Teil der Gnade, die der Zensus gewähren kann.

Nicht, wo wurden deine Eltern geboren – sondern, was ist die Bedeutung einer nationalen Grenze? Als deine Eltern eine solche überschritten, um mit dir hierher zu kommen – wie hat sie das verändert? Wie ist ihnen das gelungen? Wer waren diese Menschen, die den Ort verließen, von dem sie abstammten – ängstlich, hoffnungsvoll, voll mit längst erloschener Freude, vielleicht ersetzt durch neue Freude, vielleicht nicht –, wer waren sie, und wie in aller wilden und mysteriösen Welt und ihrer Bewohner wurden sie zu diesen vom Alter niedergedrückten Menschen, die nun unruhig in den Gewässern des ersten Todesschlafs abwarten?

Du beginnst, indem du zu mir Hallo sagst – du begrüßt mich, aber trotzdem, deine Begrüßung ist reine Höflichkeit, anstatt als Vorbote, als Anreiz für die tatsächliche Erfahrung zu dienen. Du musst das Leben der Person, die dir gegenübersteht, wachrütteln, damit das vorliegende Thema in einem gelebten Moment ans Licht kommen kann.

So vieles falsch, so vieles.

Wenn du mir beim Reden in die Augen schaust, verliere ich den Faden. Wenn ich zu sprechen beginne, und unsere Augen haben sich getroffen, dann löse den Blick, und wenn ich zu sprechen beginne und du wegschaust, dann schau weg. Während ich spreche, darfst du mir nur in die Augen schauen, wenn ich zu einem rhetorischen Punkt komme – wenn ich also in gewisser Weise danach frage, ob du mir zuhörst. Andernfalls ist deine Handlung – mir in die Augen zu schauen – störend, indem sie mir klar macht (durch den Blickkontakt), dass ich existiere und hier stehe. Erfüllte der profane Hinweis auf diese Interaktion irgendeinen Zweck? Vielleicht, wenn eine Person beim Beantworten der Frage weit davon abgeschweift ist, vielleicht dann – aber selbst dann, wahrscheinlich nicht, denn gerade dann stößt der Zensus oft auf die wertvollsten Dinge.

Weißt du überhaupt, was der Zensus ist?

Ich gebe zu, mein Bewerbungsgespräch für den Zensus war in gewisser Weise völlig erniedrigend. Der Büroleiter griff zu einem bildhaften Vergleich, er sagte, dass ein herablassender Bursche, der seine Lippen bei jedem Haus in seiner eigenen Straße zu einem höhnischen Lächeln verzieht – dass das dem Zensus mehr bringe als die erbärmliche Vorstellung, die er gerade mitansehen musste. Aber wenigstens würde das die Bevölkerung nicht aus der Fassung bringen. So etwas seien die Leute schon gewohnt.

Du musst dir deine Position klarmachen, wenn du ein Haus betrittst. Du bist vielleicht der erste Mensch, der diesen Ort betritt. Die Person, mit der du sprichst, kennt vielleicht niemand anderen. Er oder sie spricht vielleicht eine Sprache, die man seit hundert Jahren nicht mehr gehört hat. Du musst dich selbst als Archäologen sehen, als Wissenschaftler, als Künstler, als Priester, aber all diesen Professionen musst du eine starke Dosis einer uralten Rolle beimischen: jener des fahrenden Narren. Du musst wirklich begreifen, dass du nicht von Belang bist.

Warum forschst du nach? Warum denn? Wenn du mit einer Frage konfrontiert wirst, die du nicht beantworten kannst, versuch nie, sie zu beantworten. Sei einfach geduldig, sammle, sammle. Vielleicht bekommst du deine Antwort – oder es stellt sich dir eine konkretere Frage.

Der Volkszähler kommt nicht wie ein Kind zu einem Puppenhaus, alles überblickend, allwissend. Wir heben nicht das Dach an für unsere Untersuchungen. Tatsächlich ist eher das Gegenteil der Fall. Wir sind es, die über keinerlei Freiheit verfügen, wir sind an ein Rad gebunden, das einem festgelegten

Pfad für tausend Meilen bis an sein Ende folgt, und haben kaum einen Moment, um zu atmen oder zu lächeln.

Wir sind viel eher wie Wundschorf am Hals eines Hundes. Der Hund wird in seiner Unwissenheit versuchen – da sind wir ganz sicher –, uns wegzukratzen, nach uns zu fassen, aber wir müssen uns an ihn klammern, wenn wir etwas Gutes tun wollen.

Ich wollte, dass er mir das erklärt. Ich verstand es nicht – ist der Zensus in dieser Metapher der Schorf und der Hund die Nation?

Er lachte mich aus.

Was ist unsere Aufgabe? Wollen wir dem Hund helfen? In gewissem Sinn – in einem spezifischeren oder auch allgemeineren Sinn, das kannst du dir aussuchen, ist es das Haus, das der Hund bewacht – dorthin richten sich unsere guten Taten. Der Hund bewacht das Haus, wir bewachen die Wunde am Hals des Hundes.

Er zeigte auf ein Bild an der Wand, das Bild eines Hundes in einer unangenehmen Haltung neben einem Zaunpfahl. Bei näherer Betrachtung konnte man sehen, dass der Hund eine Wunde am Hals hatte, eine von Krusten bedeckte Wunde.

Der Zensus-Leiter hielt sich die Hand vor den Mund, als würde er ein Geheimnis verraten:

Die altmodische Art, das Ganze zu betrachten, wäre zu sagen, jeder Volkszähler ist eine Kruste und jeder Mensch ein

Hund, das Haus ist die Nation et cetera. In diesem Sinn sind wir dann im Bereich der Synekdoche, denn jede Kruste ist der ganze Schorf, jeder Mensch ist alle Menschen – die Menschheit beziehungsweise Schorfheit. Eine Zeit lang war das die richtige Art, die Dinge zu sehen.

Jetzt gehen wir das Ganze aber anders an. Der Zensus ist, in dem Moment, in dem er verabreicht wird, die Kruste, die Wunde ist alles das, was wir nicht über die Bevölkerung wissen – es geht nicht nur darum, wie sich der Hund verletzt hat, sondern auch darum, wie die Wunde sein Verteidigungsverhalten in Bezug auf das Haus verändert hat. Schreckt der Hund zurück? Winselt er? Versteckt er sich beim Zaunpfahl, weil er seiner Pflicht nicht mehr nachkommen kann? Der Zensus, in der Erforschung seiner Möglichkeiten, verbessert die Situation dadurch, dass er die Vorzüge des Hundes in Betracht zieht, was ihm noch zu tun bleibt, und die Defizite versteht – welchen Aufgaben er nicht mehr nachkommen kann. Die Vorstellung des Hauses als Nation ist ebenfalls ein bekannter Trugschluss. Der Zensus ist eine Sache der ganzen Menschheit – vergangener Nationen, die, immerhin, hier und da aufblühen wie Blumen, jede zu ihrer eigenen armseligen Epoche. Was wir wissen können und auch weiterhin wissen – das ist nicht an die Nation gebunden. Sobald Wissen existiert, existiert es.

Er klopfte mir auf die Schulter: Los, du glücklose Kruste. Gib dein Bestes.

G

Ich war es gewohnt zu trainieren, um meine Kraft nicht zu verlieren, aber für diese Reise habe ich damit aufgehört. Der Grund ist nicht, dass ich weiß, dass ich bald sterben werde, denn ich finde, die Menschen sollten ihre geliebten Abläufe in jedem Fall beibehalten. Der Grund ist: Ich finde, den Stafford zu fahren, ist bereits ein Training. Das Auto hat beinahe keine Dämpfung und federt in jede Richtung. Den Stafford über raues oder felsiges Gelände zu steuern ist im Prinzip das Gleiche, wie selbst über dieses Gelände geschleift zu werden – und das mit hoher Geschwindigkeit! So muss es auch vor langer Zeit für die Kesselflicker gewesen sein, schätze ich – mit klappernden Waren von Stadt zu Stadt zu reisen. Unsere Waren (der Zensus und seine Dokumente) machen allerdings kein Geräusch – sie sind nur die rudimentäre Form von Lebensschicksalen, also klappern sie auch nicht.

Mein Sohn würde sehr gerne fahren, aber ich lasse ihn nicht. Eines Tages allerdings, als wir gerade unterwegs waren, kamen wir zu einem breiten, leeren Platz – der Schauplatz eines zukünftigen Marktes oder eines gerade vergangenen. Also ließ ich ihn dort herumfahren. Er kümmerte sich nur um das Lenkrad, aber für ihn war das sehr aufregend. Und, beim Zusehen, wurde mir bewusst, wie seltsam das Autofahren doch ist – so ein dermaßen großes Objekt zu manövrieren, ohne dass einen etwas aufhalten kann!

Es gab ein paar senkrechte Metallstreben, denen man ausweichen musste, und es war nie ganz klar, ob er auch wirklich ausweichen würde – aber er tat es. Wir fuhren ziemlich langsam, gerade einmal fünfzehn Meilen pro Stunde, aber es fühlte sich sehr schnell an, und während wir fuhren, sangen wir, so laut wir konnten. Er drehte das Lenkrad wild hin und her, beinahe wäre das Auto umgekippt – dafür ist es nicht gedacht. In einiger Entfernung ruhten sich zwei Vögel auf einem Zaun aus und ich konnte ihre Verwirrung sehen, obwohl ihre Gesichter unscharf waren. Hast du nicht auch manchmal das Gefühl, in das Gesicht eines Tieres schauen zu können, als wäre es ein Mensch?

Als wir wieder vorbeikamen, suchte ich nach ihnen, aber sie waren nirgends zu finden.

Über das Fahren sagte mein Sohn, er sagte das, nachdem er das Auto gelenkt hatte: Jetzt bin ich ein Fahrer. Ich sagte, ja, aber fahr nicht ohne mich. Er sagte, du fährst das Auto auch nicht ohne mich.

Es ist schön und gut, über Leibesübungen zu reden – aber das betrifft ja nur jemanden, der durch die Bäume auf das freie Feld blickt. Ich täusche mich selbst, wenn ich so tue, als wäre das bei mir der Fall.

Mein Zustand verschlechterte sich. Ich hatte es schon eine Weile gefühlt, so wie schon zu Hause, ein Leiden, eine Enge in der Brust, und es wurde schlimmer und schlimmer. Natürlich machte ich mir keine Sorgen um mich selbst, denn ich wäre in vielerlei Hinsicht bereits gerne tot gewesen, sondern um meinen Sohn. Sein Leben gestaltet sich so, dass er sich bei nichts sicher sein kann, dass es weiterhin Bestand hat. Er braucht einen Fürsprecher.

In G wachte ich auf und lag am Boden eines Wohnzimmers. Mein Sohn weinte und hielt meinen Fuß. Ein Arzt schaute auf mich herunter, sein Gesicht und sechs, sieben andere. Die Gesichter waren mir sehr nahe. Menschen kommen einer verletzten Person immer viel näher, als sie das gewöhnlich tun, als ob die verletzte Person weniger Raum einnimmt. Das oder sie meiden dich.

Woran kann ich mich erinnern? Ich weiß, dass ich ein Haus betreten hatte, ich weiß, dass ich begonnen hatte, über den Zensus zu sprechen, und dann – ich weiß es nicht.

Nach einer Weile half mir der Arzt wieder auf die Beine.

Wir unterhielten uns; er beschloss, uns eine große Ehre zu erweisen: Er nahm uns mit zu sich nach Hause. Er erlaubte uns, dort mehrere Tage zu bleiben. Er kümmerte sich täglich um mich. Warum er so freundlich war, ist schwer zu sagen.

Es gibt diese Redewendungen, *Manche Menschen sind einfach so* oder *Es war einfach das Richtige*. Ich glaube, es ist öfter einfach Glück. Ich muss ihn an jemanden erinnert haben.

Am vierten Tag besserte sich mein Leiden, aber ich war sehr schwach. Ich hatte das Gefühl, noch ein, zwei Tage Ruhe zu brauchen, und er stimmte mir zu.

Ich werde dir diesen Mann beschreiben.

Der Mann war um die dreißig und begierig darauf, mit mir über Medizin zu sprechen. Er beschrieb mir berufliche Schwierigkeiten, Probleme dieser und jener Art, und ich antwortete ihm dazu mit meiner großen Berufserfahrung. Am Abend spielten wir Schach. Er dachte gerne lange über seine Züge nach. Die offensichtlichen und die schwierigen.

Ich kam, sagte er, durch ein Ausschlussverfahren hierher. Ich wollte an keinen der Orte, die ich schon kannte, ich wollte nicht dort praktizieren, wo ich schon gewesen war, nirgends, wo ich schon gewesen war. Also ging ich an einen Ort, den ich nicht kannte, weil ich dachte, dort sei es anders. Aber es ist so ziemlich das Gleiche. Es ist so ziemlich das Gleiche, findest du nicht?

Er sagte, er sei schon seit sechs Jahren hier und würde wohl niemals fortgehen. Die Menschen, die in G lebten, waren einfach zu behandeln, insgesamt freundlich und wohlwollend. Sie mochte ihn und respektierten ihn. Da war eine bestimmte Distanz, eine gewisse Zurückhaltung, die beinahe alle an den Tag legten, weil er von woanders kam, aber das konnte er nachvollziehen. Er arbeitete an einem medizinischen Wörterbuch und korrespondierte ständig mit anderen Ärzten im ganzen Land. Aber es tue gut, sagte er, von Angesicht zu Angesicht mit jemandem zu sprechen, der so war wie er, wenn er das so sagen dürfe.

Ich sagte, dass mir das nichts ausmachen würde. Aber er sollte wissen, dass ich nicht länger Chirurg sei.

Der Beruf ist der Beruf. Man kann ihn nicht aufgeben, auch wenn man möchte.

Ich sagte, es gebe eine Möglichkeit, ihn endgültig aufzugeben.

Er machte sich große Sorgen um mein Herz und verabreichte mir verschiedene Medikamente. Es gibt Dinge, die man tun kann, sagte er, drastische Dinge. Aber ihm war klar, dass ich das nicht weiterverfolgen würde, und wenn, wenn ich diese Dinge nicht in Betracht ziehen würde, na ja, dann wüsste ich sicher schon, wahrscheinlich wüsste ich schon, ich müsste ja wissen, was er schon wusste, und das sei, dass wenn ich nicht schon am Ende war, dann dass ich dem Ende jedenfalls ziemlich nahe sei.

Was wirst du mit deinem Sohn machen? Was soll er tun, wenn du stirbst?

Es gibt da jemanden, zu dem er gehen kann – jemanden, den wir kennen. Ich schicke ihn mit dem Zug zurück.

Das wird schwer. Denkst du, er kann allein reisen?

Er kann das. Es gibt immer jemanden, der ihm von sich aus helfen möchte. Ich musste mich zwar noch nie auf dieses Faktum verlassen, aber bisher war es immer so.

Fragst du dich manchmal, fragte mich der junge Arzt, wer er zu sein glaubt? Wer denkt dein Sohn, dass er ist? Ich habe eine Vorstellung von mir und du sicher auch, und in gewisser Weise suchen wir bei anderen nach Anerkennung dieser Vorstellung. Wenn ich dich treffe, dann versuche ich sicherzustellen, dass du den siehst, der ich glaube zu sein, wenn du mich triffst. Du tust das Gleiche. Aber er macht mir nicht den Eindruck, dass er sich darum besonders bemühen würde. Deshalb frage ich mich – wer glaubt er zu sein?

Ich sagte, das ist etwas, über das meine Frau gesprochen hatte, etwas, das sie von Zeit zu Zeit aufgebracht hatte. Es gab eine Schachtel mit Fotos unseres gemeinsamen Lebens, und eines Tages nahm sie alle heraus. Sie und er gingen mit den Fotos in sein Zimmer und er wählte ein paar der Fotos aus, um sie in seinem Zimmer an die Wand neben der Tür zu hängen. Er dachte stundenlang darüber nach, nahm eines herunter, hängte ein anderes auf. Das wurde zu einer Beschäftigung, die den ganzen Sommer über andauerte, und als der Herbst kam, war er, glaube ich, fertig. Die Wand hatte eine Art solventen Zustand erreicht. Ab diesem Zeitpunkt veränderte sie sich nicht mehr.

Dass er diese Bilder für die Wand ausgesucht hatte und dass er sie gerne anschaute, bedeutete nicht unbedingt, dass er dachte, er selbst sei die Person auf diesen Fotos. Und eigentlich denke ich, dass wir als Menschen generell den Fehler machen, Fotos von uns für wahr zu halten. Bist das wirklich du auf dem Foto? Oder ist das jemand, zu dem du einst eine Verbindung hattest? Den du einst kanntest, der dir aber fremd geworden ist? Eine Person, deren Anliegen du in mancher Hinsicht teilst – die aber verloren ist und fortgegangen?

Deswegen haben wir nicht darauf bestanden, dass die Fotos ihn zeigten, auch wenn wir das oft angedeutet haben. Für manche mag das übermäßig subtil sein, aber wenn man sich nicht für solche Subtilitäten interessiert, büßt man unwissentlich viele der schönsten Dinge ein, die einem das Leben zu spüren überlässt.

Die Fotos waren mit kleinen schwarzen Nägeln an der Wand befestigt. Meine Frau hatte einen Kugelhammer und sie verwendete ihn gerne für Aufgaben, die einen richtigen Hammer verlangt hätten. Ich weiß nicht einmal, wofür ein Kugelhammer verwendet wird, oder wie sie in seinen Besitz gekommen ist, aber ich glaube, dass sie die inhärente Eigenartigkeit des Kugelhammers einfach angezogen hat.

Ich hörte, wie die Nägel eingeschlagen wurden, am ersten Tag einer nach dem anderen. In den folgenden Tagen und während des ganzen Sommers wurde meine Frau in das Zimmer gerufen, um sie anders zu arrangieren oder um ein Foto herunterzunehmen und durch ein anderes zu ersetzen. Die Fotografien wurden uns sehr vertraut.

Die Fotos der ersten Serie, die am weitesten oben an der Wand angebracht war, in seiner Kopfhöhe, zeigten eine Szene im Schnee. Ich kann mich nicht mehr an das Jahr erinnern, aber ich glaube, das Jahr stand auf der Rückseite von ein oder zwei Fotografien. Wir hatten ihn in seine Wintersachen gepackt und gingen mit ihm Schlittenfahren. Jemand hatte uns einen altmodischen Schlitten gegeben – einen, der nicht besonders gut funktionierte , und wir gingen hinaus in den Hof, um ihn dort herumzuziehen. Das war seine allererste Erfahrung mit Schnee – und er fand es wundervoll. Er kletterte aus dem Schlitten, rollte sich darin hin und her und sein Gesicht und seine Nase waren voller Schnee. Dann weinte er und dann hörte er auf, weil er glücklich war. Er aß etwas von dem Schnee. Er rief uns etwas zu, irgendeine Silbe – ich denke, es war ein Wort für Schnee. Er hatte einen Parka an, mit einer großen Fellkapuze und meine Frau und ich machten Fotos, um den Moment festzuhalten. Zuerst eines, in dem sie sich hinter ihm versteckt und ihn hochhebt. Das war eine Haltung, die sie oft einnahm, sie tat so, als würde sie etwas Nützliches tun, während sie sich dabei versteckte.

Während ich ihn halte, ist sein Ausdruck schwerelos – er weiß nicht, dass er fotografiert wird, und glaubt, dass seine Mutter dasteht, um ihn anzuschauen. Aber warum?

Sie ruft nach ihm; im nächsten Bild lacht er, ich strahle. Was kann sie gesagt haben?

An der Wand sind diese beiden Fotos durch ein Bild unterbrochen, auf dem sie und er gemeinsam auf dem Schlitten nach etwas suchen. Die Schatten sehen aus wie am späten Nachmittag – und das bringt mich dazu, darüber nachzudenken, was wir den ganzen Morgen getan haben, als der Schnee fiel? Ich habe es vergessen. Etwas wurde mir gegeben – ein wundervoller Morgen, an dem Schnee fällt, mit einer tollen Frau und einem tollen Kind, ein Nachmittag, an dem wir nach draußen gingen – und ich habe zugelassen, dass er auf eine Art und Weise vergeht, bei der ich ihn nicht mehr fühlen kann. Was hat meine Frau zu mir gesagt? Welche Beobachtungen habe ich gemacht, von denen ich gehofft hatte, dass ich wieder daran denken würde? All das ist verloren – und doch zeigt der Schatten, den der Schlitten am späten Nachmittag auf diesem Foto wirft, das ich nicht mehr besitze, direkt darauf.

Das nächste Bild zeigt meinen Sohn im Spülbecken. Er ist gerade so groß, dass man ihn im Spülbecken baden kann, also tun wir das natürlich auch. Ich weiß, dass es Menschen gibt, die kleine Kinder in der Badewanne baden, aber soweit es uns betraf, wollten wir die unentbehrliche Lächerlichkeit und Freude, einen kleinen Menschen in diesem Becken zu baden, weder vermeiden noch vergeuden. Dieses Foto empfiehlt sich meinem Gedächtnis vor allem aus einem Grund – mein Sohn fragte, wo der Junge in dem Foto ist. Wo ist er? Ich fragte ihn: Zu welchem Zeitpunkt meinst du? In diesem Bild ist der Junge in unserem Haus, dem Haus, in dem wir gelebt haben, diesem Haus, genau dem, in dem wir immer noch leben, sagte ich zu ihm. Und dort sei der Junge noch immer, aber jetzt ist das Haus viel kleiner, viel vertrauter.

Meine Frau verwendete die Fotos manchmal, um ein Argument zu untermauern, weil sie wusste, dass er die Fotos so gut kannte. Sie würde sagen, und jetzt arbeiten wir daran so, wie wir am Gehen gearbeitet haben, kannst du dich daran erinnern, wie wir am Gehen gearbeitet haben? Und sie würde ihm ein Foto zeigen, auf dem sie hinter ihm steht und seine Arme hält, während er unsichere Schritte macht. Dann würden sie zur Übung zurückkehren, was auch immer es gerade war, Übungen mit Wörtern oder Buchstaben oder Gesang, was auch immer.

Zwei Fotografien, die zuallererst aufgehängt wurden, aber dann für Monate verschwanden, nur um dann zuletzt aufgehängt zu werden, die letzten beiden, aber dafür in der Mitte des Geschehens, waren Fotos eines Regenmantels, den er anhatte. Da sind ein Regenmantel und ein Handlauf und ein Junge in diesem Mantel und ich dahinter im Schatten. Im nächsten ist die Kapuze des Regenmantels oben und es sieht aus wie das Kostüm eines Clowns. Ich glaube, dass er das Foto deshalb mochte. Als meine Frau und er das Foto zum ersten Mal sahen, sagte sie, oh schau mal, da bist du ein Clown wie ich. Da bist du wie ich. Dann ist es irgendwie in Ungnade gefallen und es verschwand im Haufen, nur um zuletzt wieder hervorgeholt zu werden, eine Verbindung zwischen Mutter und Sohn. In Wahrheit denke ich, dass das Foto nicht deshalb den Eindruck eines Clowns vermittelt, weil es lustig oder komödiantisch aussieht, sondern weil es völlig ohne Zusammenhang so formell und bedeutungsschwanger daherkommt. Es ist dieser kraftvolle Ausdruck einer bestimmten Stellung in einer nicht existenten Hierarchie, die das Wunder eines Clownskostüms ausmacht – die normalen Bestandteile der Kleidung verzerrt, in falschen Größen, verformt. Aber darin ist auch eine Freiheit zu finden – und diese Freiheit meint, man kann die Kleidung eines Clowns nicht zweckentfremden. Was auch immer man tut, es ist richtig.

Auf der Rückseite der Tür brachte meine Frau ein Foto unserer Wäscheleine an. Sie sagte ihm, dass die Fotos, die er aussuchte, wie die Wäsche auf dieser Leine seien und dass er sie so platzieren könne, wie er wolle, so wie man auch die Wäsche aufhängt, und dass man sie genauso wieder herunterholen und zurückbringen und umorganisieren könne, und man könne sie sogar anziehen, an einem Hemd befestigt, wenn er wollte.

Der junge Arzt fragte nach: Wann hat er von der Kamera erfahren – wann hat er gewusst, wie sie funktioniert? Konnte er sie auch selbst verwenden?

Ich sagte, dass er die Kamera nicht selbst verwenden wollte, warum auch immer. Aber er trug sie immer gerne herum und tat das auch oft, und wenn es Zeit wurde, sie zu verwenden, gab er sie mir oder meiner Frau, und dann wurden die Fotos gemacht. Aber zu dieser Zeit machten wir dann schon viel weniger Fotos, eher aus einem bestimmten Pflichtgefühl als aus einem bestimmten Grund, obwohl ich nicht sagen kann, wem wir uns verpflichtet fühlten.

Meine Frau liebte es, Fotos von Bäumen zu machen, und – mehr noch als von Bäumen – von Wäldern, dieser Bündelung – nicht ein einzelner Baum, sondern ein Konglomerat von Ästen. Es gibt ein Foto auf der Wand meines Sohnes, auf dem er neben mir steht und meinen Arm mit seiner Hand festhält, und hinter uns ist eine Art Wildnis aus Ästen. Meinem Empfinden nach hat die Fotografin an uns vorbeigeschaut, als sie das Foto gemacht hat, und es ist in gewissem Sinn ein Zufall, dass wir darauf zu sehen sind. Trotzdem war es mein Lieblingsfoto von den Aufnahmen, auf denen ich abgebildet war, wahrscheinlich wegen der Position des Hutes, den ich trage, der ins Gesicht gezogen ist. Das war für viele Jahre mein liebster Hut, aber ich habe ihn beim Klettern verloren. Meine Frau und mein Sohn lachten mich aus, wenn ich über einen neuen Hut sprach, den ich zwar besaß, aber nicht mochte, und es gab da eine Art Witz, den mein Sohn dann machte, indem er mir, ohne zu lächeln, sagte, dass er sehr genau wusste, wo der Hut sei, er sei oben, warum gehen wir nicht und holen ihn, und ich machte mit und sagte, ja, wenn er oben ist, warum gehen wir dann nicht und holen ihn, und er sagte, in Ordnung, und dann gingen wir hinauf, die Stiege hinauf, und ich würde sagen, na gut, jetzt sind wir oben, wohin jetzt, und er würde mich in sein Zimmer führen, und ich würde sagen, ist mein alter Hut in deinem Zimmer, mein alter Hut, den ich beim Klettern verloren habe?, und er würde nicken und mich hineinführen, und ich würde eine große Szene machen und verlangen, dass mir mein Hut zurückgegeben werden würde, und er würde voller diebischer Freude auf das Foto zeigen und zu mir sagen, wenn ich ihn wollte, könne ich ihn haben.

Auf drei der Bilder ist noch ein anderer Junge zu sehen. Er lebte auf der anderen Straßenseite und seine Eltern waren nicht freundlich zu uns. Ich glaube, der Vater hat uns gehasst, es gab ein Missverständnis. Aber als der Junge noch klein war, kam er oft zu uns und spielte mit meinem Sohn. Das ging ein Jahr lang so oder noch länger, und dann, eines Tages, hörte es auf. Sie lebten weiterhin auf der anderen Straßenseite, aber wollten nichts mit uns zu tun haben.

Mein Sohn mochte den Jungen sehr gern, deshalb sind drei der Bilder an der Wand Fotos von ihm. Ich muss ganz ehrlich sagen, dass er ein sehr schlimmer Junge war. Er hörte nie zu und machte alles kaputt. Alles, was man ihm gab, war schon so gut wie zerstört. Aber das störte uns nicht, nicht sehr, und wir behandelten ihn gut, bis die Zeit für ihn kam, in sein eigenes Leben zu verschwinden.

Sie hatten auch einen großen Hund, der Robber hieß, und als die Jungen klein waren, hielten sie sich an Robbers Hals fest und ließen sich durch den Hof ziehen.

Ich glaube, der Junge kam in jenem Jahr am öftesten, als es sehr heiß war, der Eindruck, den diese Fotos vermitteln und den ich auch ganz allgemein habe, wenn ich an ihn denke, ist ein Eindruck intensiver Hitze. Wir stellten ihnen einen Limonade-Stand auf, aber niemand kam. Es war eine ziemlich einsame Straße. Ich musste so tun, als wäre ich ein Kunde, aber die Jungen ließen sich nicht täuschen, und ich weiß, dass sie tief drin wussten, dass das nicht galt, auch wenn sie mir Limonade gaben und den vereinbarten Preis verrechneten.

Manchmal fragte er mich, mein Sohn fragte, warum es auf den Bildern so dunkel war. Ich glaube, es stimmt, dass wir viele der Fotos drinnen aufgenommen hatten, und außerdem war die Linse der Kamera, die uns gehörte, recht minderwertig und deshalb war das Licht nicht gut genug für ausgezeichnete Fotos. Trotzdem sind zwei der Fotos, die er besonders mochte, zwei, die er übrigens als Fotos von sich selbst betrachtete, sehr dunkel. In diesen beiden steht er in einem gestreiften Hemd am Fenster. Der Schelm steht ihm ins Gesicht geschrieben, auf dem ersten noch unter der Oberfläche, und völlig augenscheinlich, das ganze Gesicht einnehmend, auf dem zweiten, indem er sich vom Fenster weg und auf uns zu bewegt.

Das letzte Foto, ganz unten an der Wand, zeigte die Garage unseres Hauses. Er steht auf dem zerfurchten Asphalt und trägt ein Jackett. Ich glaube, es war der erste Schultag, ein erster Schultag, und er hatte seine Kleidung so zusammengestellt, um ganz offiziell zu wirken. Er hatte sich vorbereitet und wollte den Moment festhalten. Ich komme darauf, weil die Haltung seiner Schultern in dieser Fotografie von Geduld zeugt oder von einer Verbeugung vor dem Unvermeidlichen. Nicht, dass er besonders schicksalsergeben gewesen wäre – als Kind war er keiner, den man von etwas abbringen konnte. Wenn überhaupt, war er ein Esel.

Jetzt wirkt er nicht sehr stur auf mich, sagte der Arzt. Er war sehr freundlich.

Wir schauten hinüber zu meinem Sohn, der auf einer Couch zusammengerollt schlief.

Schau, er hat sogar seine Schuhe ausgezogen, bevor er die Füße auf das Sofa gelegt hat.

Oh ja, er ist aufmerksam, sagte ich. Aber sind die Aufmerksamen nicht oft die Stursten, wenn sie über einen Sinn für Gerechtigkeit und Ungerechtigkeit verfügen?

Der Arzt sammelte alte Bücher und er zeigte uns viele wunderschöne medizinische Atlanten, Bände voller Kuriositäten. Er schien es zu genießen, uns diese Bücher zu zeigen, und seine Stimme wurde ganz warm, wenn er sprach.

Die Benennung der Dinge war nie systematisch, sagte er – das war sein vordringlichstes Problem. Das macht den Körper zu einem unmöglichen Morast, aber das muss nicht so sein. Er schlug ein völlig neues Schema für die Benennung vor – nicht nur die Umbenennung jedes Körperteils, sondern auch aller Krankheiten, damit die gesamte menschliche Form mit all ihren Leiden ganz einfach verstanden werden könnte.

Ich sagte, dass ich da eine Schwierigkeit sehen würde – dass wir in diesem Moment nur ein Schema entwickeln könnten, das gerade so perfekt war wie unser gegenwärtiges Verständnis des Körpers. Dass sich nämlich in einem oder zwei Dutzend Jahren der Kenntnisstand der Medizin weiterentwickelt haben würde und dass es dann im Grund genommen notwendig wäre, das Ganze noch einmal zu machen, alles umzubenennen, damit es dem neuen, tiefgreifenderen Konsens entspricht.

Natürlich, natürlich, sagte er. Er fand, dass das etwa alle fünfzig Jahre nötig wäre.

Ich begleitete ihn während der letzten Tage meiner Genesung und erlebte ihn als ausgezeichneten praktischen Arzt. Er stellte mich, trotz meiner Kleidung, als erfahreneren Kollegen vor und fragte mich nach meiner Meinung zu allen möglichen Dingen, mit denen er sich befasste. Nur einmal war das wirklich nötig, weil ich die spezielle Form einer Zyste erkannte, die er noch nie gesehen hatte, mit der ich aber schon oft zu tun gehabt hatte. In der Nacht, bevor mein Sohn und ich wieder abfuhren, gingen wir die Prozedur gründlich durch.

Wirst du nicht bleiben? Um zu operieren oder wenigstens zu assistieren?

Du hast es in dir, das selbst zu tun. Das hast du ganz sicher.

Er hatte große Angst davor, sein eigenes Blut zu sehen, seltsam für einen Arzt, und wollte auf keinen Fall von der Zensus-Nadel berührt werden. Er hatte allerdings die Markierung des letzten Zensus. Wie?, fragte ich.

Ich hielt einen Freund an der Hand und wurde sofort ohnmächtig, sagte er mit einem Lachen. Das Zimmer verschwand und wurde durch das hier ersetzt.

Er zeigte auf seine Bücher, Statuen, den mit Leder bezogenen Schreibtisch, sein mit Teppichen ausgelegtes Büro.

Ich fühle mich gerade so alt, lachte er. Hast du nicht auch das Gefühl, dass du immer so alt bist wie die Person, mit der du sprichst? Wenn ich mir dir spreche, habe ich das Gefühl, als hätten wir gemeinsam dein Leben als Chirurg gelebt – so viele Jahre. Und du, nehme ich an, hast das Gefühl, ein junger

Mann zu sein, der gerade erst am Anfang seiner Praxis steht. Du fühlst in dieser Hinsicht das, was ich fühle. Aber die Jahre vergehen schnell. Bald werde ich, so wie du, an der Schwelle der Tür sein.

Der Körper wird verbraucht, aber der Geist macht weiter, wie ein Vogel im Sturzflug, sagte ich leise.

Ein Vogel im Sturzflug, flügellos unter freiem Himmel.

Wir lachten. Mein Sohn lachte auch.

Es war Zeit zu gehen. Es konnte nicht mehr aufgeschoben werden. Der Arzt kam mit uns zum Auto und winkte, als wir uns entfernten, als wir uns der Ferne näherten, zu diesem Zeitpunkt verschwand er endgültig, er und die Stadt G.

Während wir fuhren, sprachen mein Sohn und ich meistens über Dinge, über die wir schon oft gesprochen hatten, Dinge, von denen wir beide etwas verstanden und über die wir gerne redeten. Es war nicht oft nötig, über neue Dinge zu sprechen, oder sollte ich lieber sagen, nur dann, wenn sie es wirklich wert waren.

Eines der alten Dinge, die immer wieder aufkamen, war die Shape School. Das war die Schule, die meine Frau mit zehn Jahren besuchte, um dort zu leben. Die Shape School war eine experimentelle Schule. Die Idee war, dass sie den Zweck der ganz gewöhnlichen Bildung für ganz gewöhnliche Schülerinnen erfüllen würde, aber auf außergewöhnliche Weise. In Wahrheit brachte sie nur Clowns hervor.

Alles hat eine Form, sagte die Lehrerin an der Shape School, selbst eine berühmte Pantomimin. Wenn du in eine Form eindringen und sie darstellen kannst, kannst du sie auch jemand anderem zeigen. Du musst zu einer Bibliothek von Formen werden.

Ich glaube, es gab zwei Lehrerinnen und vielleicht vierzig Schülerinnen während des Jahrzehnts, in dem die Shape School betrieben wurde. Wie Clowns konnten die Lehrerinnen die Hände nicht länger am Ruder halten. Sie machten sich auf, um sich anderen Beschäftigungen zu widmen.

Die Shape School war in einer Militärbaracke untergebracht, die ein Jahrzehnt lang leer stand, bevor sie wieder auf den Markt kam. Ich nehme an, das war, als die Clowns sie gefunden haben und gedacht haben, es wäre doch witzig, eine Clown-Schule in einer Militärbaracke zu betreiben. Obwohl sie das natürlich nicht als Clown-Schule sahen. Eigentlich, wie schon gesagt, war es sogar das Gegenteil: Sie hatten echte pädagogische Ambitionen, nur die grundlegendste Bildungsarbeit zu leisten.

Aber für die Zeit ihres Bestehens hätte sich wohl niemand gewünscht, woanders zu sein. Ich nehme an, das stimmt nicht ganz, denn bei einer Gesamtzahl von vierzig Schülerinnen über die Jahre kamen sie nur auf sechs Absolventinnen. Aber so eine Schule muss schwer sein – sei es nur, um die besten Schülerinnen zu fordern, die in diesem Fall die waren, die niemand sonst aufgerichtet oder vergöttert hätte. Die besten Schülerinnen der Shape School wären an jeder anderen Schule nur Ausgestoßene und Zielscheibe des Spotts gewesen.

Mein Sohn mochte es, wenn ich vom Bootsunterricht erzählte. Eines Morgens wurde den Schülerinnen der ersten Klasse verkündet, das waren etwa fünfzehn Schülerinnen, dass sie lernen würden, Boot zu fahren. Alle wurden angewiesen, einen Badeanzug zu tragen und nichts Wertvolles mitzunehmen. Kinder hamstern ständig wertvolle kostbare Dinge in ihren Hosen, Socken, Ärmeln – also war das eine kluge Vorsichtsmaßnahme.

Die Gruppe ging hinunter zum See, wo zwei Ruderboote lagen. Die Lehrerinnen nahmen eines und ruderten damit weit hinaus.

Sie riefen durch ein Megafon – und ihre Stimmen waren über die Wasserfläche deutlich zu hören; jetzt kommt schon, kommt. Wir wollen sehen, wer den besten Unfall bauen kann.

Damit waren sie den ganzen Tag beschäftigt, die Schülerinnen fuhren immer zu zweit hinaus auf den See und scheiterten auf die eine oder andere Weise beim Bootfahren, bis sie schließlich prustend und hustend am Hals oder Hemd oder Arm aus dem kalten Wasser des Sees gezogen wurden.

Es gibt einen korrekten Weg, sagte die ältere Ausbildnerin, einen Bootsunfall zu haben. Wir zeigen es vor.

Die Lehrerinnen machten sich also daran, mit dem Boot zu fahren, und wurden von einer allumfassenden Katastrophe heimgesucht, die dazu führte, dass das Ruderboot umkippte, ein Ruder brach und eine Lehrerin für gute zwanzig Minuten nicht gefunden werden konnte, bis sie in den Büschen auf der anderen Seite des Sees wieder auftauchte.

So hat man einen Bootsunfall.

Denn, so sagten sie, es geht nicht nur um die Wahrheit einer Sache, sondern darum, dass es so etwas wie ein gemeinsames Wesen des Unfallartigen gibt, und es reicht nicht, wenn euer Unfall von seiner eigenen Essenz durchdrungen ist, diese Essenz muss in gewisser Weise verstärkt werden. Die Wesensnatur als Unfall muss ein Signal sein, muss für die Zuschauerin offensichtlich sein, sie, die sie schon einmal aus einem Boot gefallen ist, vielleicht vor zehn Jahren, überspringt all die Tage und Dinge, die seither passiert sind, und bleibt in einem Zustand tiefer Empathie und voller Verständnis zurück. Zu diesem Zeitpunkt kann man den Bootsunfall sogar weglassen. Zum Beispiel ...

Und dann führte die Ausbildnerin einen Bootsunfall vor, aber nicht auf dem See. Sie führte ihn auf trockenem Boden vor, nur unter Zuhilfenahme ihrer Hände und Füße, und die Gruppe war durchwegs erstaunt. Denn so wie auf dem Wasser, war eindeutig ein Unheil geschehen, und es war klar, absolut klar, dass die Misere nicht aus der Pantomimin selbst kam, sondern von außen.

Aber woher kommt sie dann?

Mein Sohn wollte immer wissen, wo die Lehrerin hin war, als niemand wusste, wo sie war – als das Boot umgekippt und das Ruder gebrochen war. Er, meine Frau und ich versuchten das zu analysieren: War sie den ganzen Weg unter Wasser geschwommen? War sie überhaupt jemals im Wasser? Das waren die Fragen. Meine Frau, die uns diese Geschichte natürlich als Erste erzählt hatte, sagte, die Ausbildnerin sei im Boot gewesen und die ganze Strecke mit angehaltener Luft geschwommen. Aber da gab es Einwände. War es nicht unmöglich, tief einzuatmen, während das Boot kippt, wenn es wie ein richtiger Unfall aussehen soll? Ruiniert das nicht die Idee des Unfalls (wenn man dabei beobachtet wird)? Wir stimmten alle überein, dass es ein sehr heimlicher Atemzug hatte sein müssen. Denn es ist ja nicht wie ein Zaubertrick – du kannst bei einem Bootsunfall ja nicht wissen, wo das Publikum gerade hinschaut. Es könnte gut sein, dass sie dir geradewegs ins Gesicht blicken, und sollte das der Fall sein, atmest du, kurz bevor es passiert, lieber nicht tief ein.

Die andere Theorie – dass nur eine Lehrerin im Boot war, ist vorstellbar. Eine Lehrerin rudert hinaus, hat den Unfall und fragt dann, wo die andere ist, und behauptet, dass sie auch im Boot war. Das menschliche Gehirn fügt dann die zweite Ausbildnerin im Boot hinzu. Leider sind wir so fehlbar und leichtgläubig.

Zu dieser Idee meinte mein Sohn, sie würde im Boot sein wollen. Sie wollen zusammen im Boot sein.

Auch wenn es viele Einwände gegen diese Aussage gibt, ist daran auch etwas grundlegend richtig. Die Linse ist richtig fokussiert, und zwar auf Folgendes: Lehrerinnen sind Menschen wie alle anderen. Wenn sich die Gelegenheit bietet, in einem Boot zu sein, das gerade umkippt, werden sie diese Gelegenheit ergreifen, die Rahmenbedingungen des Unterrichts spielen keine Rolle. Wir haben alle schon solche Erfahrungen gemacht, wenn wir uns verstecken und eine Gruppe von Menschen beobachten, die gerade etwas beginnen, bei dem wir gerne mitmachen würden. Aber wir müssen unseren Vertrag einhalten, wir müssen uns weiterhin verstecken und es reißt uns beinahe entzwei – unser Verlangen, an der Freude eines beliebigen Zeitvertreibs teilzuhaben, egal welches Vergnügen gerade geteilt wird, und unsere feste Absicht, verborgen zu bleiben.

Man kann das auch als eine Art Prinzip verstehen, sagte meine Frau – wir müssen uns in unseren Täuschungen so einrichten, dass wir dabei das Maximum an anhaltendem Vergnügen erfahren. Es ist sinnlos, Atlas zu sein.

H

Als wir wegfuhren, wurde ein bestimmtes Gefühl in mir immer stärker. Es war stets meine Überzeugung, dass man bei der Ausführung einer bestimmten Operation, keiner medizinischen Operation, das meine ich damit nicht, auch wenn es sich dabei sicherlich ebenfalls um eine Operation handelt, und das, was ich jetzt sage, auch darauf zutrifft, aber ich meine generell jede Form von Unternehmung – wenn man einer Beschäftigung nachgeht, die man immer und immer wieder prüft, dann sollte man die Art der Ausführung immer wieder verändern, in kleinen Schritten experimentieren, um sicherzustellen, dass man auch wirklich den besten Weg gefunden hat. Zu oft lassen die Menschen zu, dass die Tradition stellvertretend für das Missverständnis steht, oder umgekehrt, und die Verständnisfehler häufen sich, Fehler, die, in vielen Fällen, einfach durch Logik korrigiert werden könnten. Überleg dir, was das umsichtige Streben nach Höchstleistungen bringen kann, das nichts anderes im Sinn hat als das, was funktioniert – so war es für mich im Bezug auf den Zensus.

Mir wurde plötzlich bewusst, dass die Art der Volkszählung, wie wir sie bisher durchgeführt hatten, von einer ganz bestimmten Art war und dass wir sie nicht länger so durchführen mussten. Ich war sicher: Ich konnte mir mein Wissen über das Einholen des Zensus zunutze machen, um mit einer neuen Methode zu beginnen, diese Arbeit auszuführen, einer Methode, die sich in fundamentaler Weise an den Geist des Zensus halten würde, die aber meiner menschlichen Fehlbarkeit weniger Raum für verheerende Täuschungen lassen würde.

NEUE METHODE DES ZENSUS

Die neue Methode des Zensus war ein Einspruch gegen die formalen Aspekte der vorangegangenen Methode. Wo man es früher für nötig befunden hat, bestimmte Fragen zu stellen und damit die Sammlung bestimmter Informationen im Vergleich zu anderen zu bevorzugen, war nun klar, dass wir selbst entscheiden, nach welchen Informationen wir suchen. Über den Luxus zu verfügen, sich seinen Vorgesetzten zu unterwerfen, ist sicherlich ein großes Vergnügen. In einem unmittelbaren Sinn ist man dabei aber nichts anderes als ein Kind, das belehrt wurde, und man findet das, was man finden soll, falls man überhaupt etwas findet. Wie dem auch sei, draußen in der Welt habe ich erkannt, dass diejenigen, die zu sehr nach etwas suchen, auch wenn sie es vielleicht finden, dabei sicherlich die wunderbarsten und seltsamsten Dinge verpassen, an denen sie vorbeikommen, obwohl sie direkt vor ihrer Nase sind.

Von der typischen Arbeit des Zensus trat ich also zurück. Andere Volkszähler, mehr an Buchstaben interessiert als ich, würden vielleicht die genaue Bevölkerungszahl dieser Regionen feststellen können. Ich, der ich immer in gewisser Weise aus der Reihe getanzt bin, sogar als Chirurg, entschied, dass ich das auch weiterhin tun würde. Ich würde in alle Häuser und Heimstätten, in jede Stadt und jedes Dorf gehen, um herauszufinden, was es wert war, festgehalten zu werden.

Mir ist bewusst, dass das auf unbestimmte Art lächerlich ist, nein, es ist ganz einfach lächerlich, wenn ich behaupte, es würde sich dabei in irgendeiner Form um eine neue Methode handeln. Tatsächlich haben sich Reisende in der Vergangenheit,

Herodot, Tacitus, Marco Polo, genauso verhalten. Das waren also die Sandalen, in denen wir alle voranschritten.

Auch wenn gesagt werden muss – wir suchen nicht nach den Dingen, die diese legendären Hasardeure gesucht haben. Wir bevorzugen das Kleine, das oft übersehen wird. Das ist nicht die Welt, in die sie geboren worden waren.

Was sagt Herbert über die Welt, in der wir leben, eine Welt, in der das Göttliche auf keiner Karte verzeichnet ist?

Doch nun vergrabt ihr euch und schließt euch ein, in einer Ecke eines Herzens vieler Kammern.

Das hat er doch gesagt? Dort wird unser Zensus suchen ...

Die nächste Stadt war für ihre Seilfabrik bekannt. An diesem Ort wurden die größten und stärksten Seile hergestellt, Seile, die verwendet wurden, um Schiffe an Docks und Anker zu binden, Seile, um unfassbar schwere Dinge in die Luft zu heben. Aber auch andere Seile wurden hergestellt, schmale und glatte Seile, harte und raue Seile, nasse Seile, Gewürzseile, sogar Faden und Zwirn.

Der Vorarbeiter in der Fabrik sagte etwas Interessantes in meiner Gegenwart. Er sagte, es habe heute keinen Unfall gegeben.

Aha, kein Unfall, heute nicht.

Nein.

Gibt es sonst oft Unfälle?

Wir gingen zu einer Tabelle, die an der Wand befestigt war. Sie führte detailliert die Unfallstatistik der Fabrik für die letzten zehn Jahre auf.

Meistens sechs am Tag.

Schlimme Unfälle?

Wir haben hier einen Arzt zur Verfügung, also sterben die Leute meistens nicht, aber es verändert einen, von einem gerissenen Strick getroffen zu werden.

Hat der Arzt vielleicht einen Moment Zeit, um mit uns zu sprechen?

Der Arzt hatte einen Moment Zeit, um mit uns zu sprechen, und das tat er auch.

Der Arzt hatte ein Gesicht wie ein Hauptdarsteller und er sprach seinen Text wie ein Schauspieler.

Der Arzt trug einen sehr weißen Mantel, wie das Ärzte ja oft tun, aber dieser hier war noch weißer als sonst. Sogar weißer, als ich es hier beschreibe.

Der Arzt würdigte unser Erscheinen mit etwas, das ich vielleicht als Ansprache bezeichnen würde – eine, die er wohl seit einigen Jahren schon vortragen wollte. Vielleicht war sie aber auch spontan; es ist sehr schwierig, solche Dinge einzuschätzen. Er wollte uns etwas über die Seilfabrik erzählen, und das tat er auch, in einer Art, die perfekt zu seiner Person und Position passte.

Er begann:

Die Kraft der Bogensehne war in früheren Zeiten ausreichend, um einen Menschen auf die Entfernung von mehreren hundert Metern zu töten. Wie ist das erst bei einem Seil, das tausendmal so dick ist? Der Boden der Seilfabrik ist knietief mit dem Blut bedeckt, das hier vergossen wurde. Ich hasse diesen Ort, ich hasse das Seil an sich. Ich arbeite nur deshalb hier, weil auch mein Vater hier gearbeitet hat, meine Mutter, meine Großmutter. Jeder Einzelne hat hier sein Leben verloren. Also ging ich zur Armee und ließ mich zum Sanitäter ausbilden, und als ich zurückkehrte, studierte ich Medizin und wurde Arzt, und dann vermied ich jede lukrative Beschäftigung und kam hierher, wo ich ohne Bezahlung mit diesen furchtbaren Narren zusammenarbeite.

Wir schauten durch das breite Fenster hinaus in die Fabrikshalle. Tausende Seile verliefen dort kreuz und quer, Seile, so lang, dass sie die Erde viele Male umwinden könnten. Maschinen drehten sich in diese und jene Richtung, der Klang war der einer Uhr, aber wie durch ein gewaltiges Schwirren gekrümmt, als würde eine Uhr mit Dopplereffekt an dir vorbeischwingen und wieder zurückkehren, vorbeischwingen und wieder zurückkehren, aber fortwährend, jedes Tick, jedes Tock, irgendwie ausgedehnt. Ein wildes Geräusch – ich muss sagen, es klang schlussendlich wie das Knirschen von Zähnen.

Hier und dort rannten kleine Figuren unter den Seilen vor und zurück, einige trugen Werkzeuge, andere zogen Wagen der einen oder anderen Sorte. Wieder andere standen in Gruppen zusammen und warteten auf Anweisungen. Ihre Uniformen hatten viele verschiedene Farben.

Ich fragte den Arzt danach.

Es ist wichtig zu wissen, ob jemand fehl am Platz ist. Jeder in der Fabrik muss sich in bestimmten Bereichen aufhalten und seine Füße auf bestimmten Wegen verankern.

Der Boden der Fabrik war mit derart beschriebenen Pfaden in verschiedenen Farben bedeckt.

Ist es so, dass die Leute, die hier verstümmelt eingeliefert werden, die Opfer, nicht dort waren, wo sie hätten sein sollen?

Hinter mir erhob einer der Patienten Einspruch.

Der Arzt brachte ihn zum Schweigen. Er hatte eine Art priesterliche Macht über alle auf der Krankenstation. Sein Ausdruck war barsch, als er sich mir zuwandte.

Im Gegenteil, wie du selbst sagst, sind sie *Opfer*. Die Arbeiter nehmen ihre täglichen Bemühungen so ernst, dass kaum jemand nicht an seinem Platz ist. Tatsächlich ist es eher so, dass die Arbeit an den Maschinen einen bestimmten *Leichtsinn* voraussetzt. Das heißt, die Seilmaschinen können gar nicht so bedient werden, dass sie sicher sind. Keine Fabrik der Welt kann Seile auf sichere Weise herstellen. Hinter der Fabrik, falls du dorthin gehst, findest du ein Feld aus Pfählen. Auf jedem Pfahl ist ein Glasknoten. Das ist der Friedhof für die Fabriksarbeiter. Wenn sie ihre Pausen machen, wenn sie ihre Halbtagsrationen essen, dann tun sie das dort. Das ist ein alter Brauch, der sie daran erinnern soll, wie nahe der Tod ist – wie sicher. Als ich ein Junge war, glaubte ich, dass ich in der Seilfabrik arbeiten würde. Ich war davon überzeugt. Es ging dabei um einen gewissen Stolz. Nichts wollte ich mehr als das. Aber mein Vater hatte das schon vorhergesehen. Eines Tages nahm er mich mit hinters Haus und verwendete einen Zigarrenschneider, um das hier zu tun.

Der Arzt zeigte mir seine Hände. Da, wo die Daumen sein sollten, waren nur zwei bleiche rundliche Höcker.

Er berührte den Höcker eines abwesenden Daumens mit seinem Zeigefinger. Weißt du, ich werde nie Seile herstellen. Niemals. Zu der Zeit taten so einige Familien dasselbe – und es war diese Maßnahme, die dazu führte, dass sich einige der

Bedingungen in der Fabrik verbesserten. Zu der Zeit, zu der Zeit war es zu weit gegangen.

Einige Patienten hatte sich um uns versammelt und hörten zu.

Aber wie kannst du dann Arzt sein?, fragte ich. Macht es das nicht sehr schwierig?

Der Arzt betrachtete seine Schützlinge, als würde er über meine Frage nachdenken, aber als er sich zu mir drehte, war es, als hätte er mich vergessen. Arzt sein? Diese Arbeit hier?

Er sagte kurz und knapp und bog dabei jedes Wort wie einen Faden, oh, das ist kein Problem. Ganz und gar nicht.

Wir gingen hinaus, mein Sohn und ich, hinter die Fabrik, und es stimmte. Es war genau, wie der Arzt gesagt hatte. Da lag ein Feld, beinahe so groß wie die Fabrik selbst, das heißt, fast so groß wie eine Kleinstadt, das sich unendlich weit erstreckte. Die Fabrik steht auf einem immensen Hügel, die Art Hügel, auf denen man früher Schlachten ausgefochten hatte, ein Hügel, auf dem man zwei Armeen gegeneinander in Stellung bringen konnte. Ein Hügel für Generäle und für Tage, die man nicht vergisst, aber die dennoch immer in Vergessenheit geraten, und vielleicht soll das auch so sein. Die Fabrik nahm das gesamte Plateau ein, zog sich über eine Meile. Dahinter, den Hügel hinunter, erstreckte sich der Friedhof. Er war so groß, dass niemand diesen Friedhof pflegen konnte, so wie Friedhöfe üblicherweise gepflegt wurden. Das soll heißen, dass es zwischen den Gräbern zwar kein Gras gab, aber viele Arten wilder Pflanzen, und falls es doch Gras gab, dann nur durch Zufall und nicht geplant. Diese Pflanzen und Bäume waren ein Gegenmittel gegen den unablässigen Stand der Grabpfähle – die, wie der Arzt gesagt hatte, jeder einen gläsernen Seilknoten trugen. Da waren mehr Bäume und noch mehr Bäume und sogar Unterholz, je weiter sich der Hang erstreckte. Wir gingen ganz hinunter; hüpften dort und da wie Ziegen und uns fiel dabei auf, dass sich die Art der Glasknoten veränderte, und als wir schließlich einen Punkt erreichten, es muss nach drei oder vier Meilen gewesen sein, an dem die Knoten sich in Steinknoten auf schmutzigen, rostigen Pfosten verwandelten, konnte man von dort die Außenbezirke der nächsten Stadt sehen, ein paar Meilen weiter durch einen kargen Wald, immer bergab. Irgendwann bekam ich kaum mehr Luft und musste anhalte und mich zwischen den überwucherten Gräbern auf den Rücken legen. Mein Sohn dachte, dass ich spiele, und rannte los, und ich fand ihn erst eine Stunde später wieder, in einiger Entfernung. Schließlich gelangten wir durch eine Bresche im Wald auf eine Straße und auf dieser Straße zu einer größeren Straße. Wir hatten den Stafford bei der Fabrik gelassen – aber nach einer Weile fanden wir jemanden, der uns zurückbrachte, irgendeine sanfte Seele. Das Gesicht des Fahrers habe ich bereits vergessen. Es ist erschreckend, wie wenig es einen kümmert, wenn jemand freundlich zu dir ist. Ich sollte mich an so ein Gesicht erinnern, aber tue es nicht. Vielleicht erinnert sich mein Sohn.

Eine Sache nagte an mir. Ich fragte mich die ganze Zeit, als wir unterwegs waren, warum der Friedhof so weit entfernt von der Fabrik begann. Sollte es nicht umgekehrt sein? Die ältesten Gräber sollten doch direkt daneben sein. Wie kann man so etwas rückwärts anlegen? Es war ein Rätsel, das mich den ganzen Weg über quälte.

I

Ich denke, der Spaziergang war ein Fehler – ich hatte mich übernommen. Ich verbrachte die nächsten Tage im Bett und ein nettes älteres Paar gab mir Suppe. Sie lebten über dem Geschäft, das sie betrieben. Ich glaube, sie vermieteten das Zimmer, wenn Reisende vorbeikamen, aber es sah nicht so aus, als würde es oft benutzt werden. Das Geschäft war ein Hutmacher auf der einen Seite und ein Gemischtwarenladen auf der anderen. Ich weiß nicht, wie viele Hüte man in einer solchen Stadt verkaufen kann. Ich nehme an, der Gemischtwarenladen brachte das Meiste ein. Während ich bettlägerig war, half mein Sohn im Geschäft. Sie schlossen ihn gleich ins Herz und wussten einfach, welche Dinge er vielleicht gerne tun würde. Wenn er es mag, wie die Dinge laufen, dann schweigt er dazu, und so war es auch, als er im Geschäft arbeitete.

Ich weiß nicht, warum sie so nett waren – nicht, dass Menschen immer einen Grund brauchen. Aber viele Leute haben einen, und es zahlt sich aus, danach zu suchen, auch wenn man immer sagt, es zahlt sich nie aus, zu sehr zu suchen. Von dem Moment an, als wir ziemlich spät in der Nacht ankamen und sie dabei vielleicht sogar mit unserem Klopfen aufweckten (um uns nach dem Zimmer-zu-vermieten-Schild über der Tür zu erkundigen), empfingen sie uns mit einer Sanftmütigkeit, die nicht vorherzusehen war.

Zwei Tage später, als ich am Fenster des kleinen Zimmers saß, einem Zimmer, das zum größten Teil mit nautischen Bildern dekoriert war, obwohl da auch eine Sense an der Wand hing, zweifellos um den Tod mit seiner eigenen Waffe abzuschrecken, saß mir die Frau in einem Sessel gegenüber. Sie hatte mir meinen Teller Suppe gebracht und zuvor war es ihre Gewohnheit gewesen, sich danach sofort zurückzuziehen.

Aber diesmal blieb sie. Sie setzte sich mir gegenüber in den Sessel und legte beide Hände flach auf den Tisch.

Ich möchte dir etwas erzählen, sagte sie. Meine Tochter war wie dein Sohn. Sie ist seit vielen Jahren tot. Aber wir zogen sie groß und sie lebte hier mit uns und war bei allem dabei, was wir auch taten. Sie nähte gerne, auch wenn es nicht einfach für sie war, und sie überraschte gerne andere Menschen. Sie wurde nicht gerne überrascht, aber das mag niemand. Ich wollte dir von ihr erzählen, weil es in diesen Tagen so wenige Leute gibt, die sich für diese Art Mensch interessieren. Es kann sogar passieren, dass sie niemand mehr auf die Welt bringt. Daran, wie du mit ihm umgehst, kann ich erkennen, dass du weißt – du weißt, was auch wir wissen, dass sie die Welt genau so sehen wie wir, und vielleicht sogar, vielleicht sogar klarer.

Ich wollte, dass du das weißt, weil es für diese Art zu denken so wenig Unterstützung gibt. Mein Mann sagte, du wüsstest das schon, und ich brauchte nichts zu sagen. Aber ich wollte. Wenn die Leute sehen, wie ihr gemeinsam herumreist, und sehen, wie dein Sohn lebt und wie viel Freude er hat – du weißt ja gar nicht, wie viel Gutes du damit tust. Wir waren keine Reisenden so wie du, wir sind nicht besonders weit gegangen, um ihr die Welt zu zeigen, aber wenigstens haben wir sie nicht im Haus versteckt, vor den Blicken verborgen. Am Morgen ging sie in die Stadt und jeder kannte sie. An einem Ort kann eine bestimmte Form von Verständnis wachsen, und dann können alle, kann jede einzelne Person zu einem Beschützer, einer Beschützerin für sie werden. Das ist etwas, das sie auf andere überträgt – eine Art Berufung für den Moment, und das ist wirklich ein Geschenk. In großen

Städten, an anderen Orten, die ich kenne, können die Menschen grausam sein. Manche waren grausam zu ihr, aber hier konnte etwas wachsen. Für sie war es ein guter Ort zu leben, und als sie starb, vermisste man sie.

Die Frau stand auf. Ich schaute sie an.

Die Frau ging aus dem Zimmer und ich saß da und atmete, atmete einfach, bis das Licht aus dem Fenster verschwand.

J

Mutter schreibt über das Benennen, dass ein Name fast immer eine Art Feigheit ausdrückt – ein Versuch, etwas auf das zu beschränken, was es ist, anstatt in Betracht zu ziehen, was es werden kann. Die Nachkommen des Kormorans können nicht selbst ein Kormoran sein, schreibt sie – an welchem Punkt ändert sich etwas genug, damit es zu einer neuen Spezies wird? Wer ist klug genug, das zu erkennen? Geschieht der Wandel innerhalb einer Generation – von der Mutter zur Tochter, vom Vater zum Sohn? Sie verabscheute eine Bezeichnung, die manchmal für Kormorane verwendet wurde, Scharbe. In Wahrheit hatte sie nichts für die Variationen des Kormorans übrig, die unter diese Bezeichnung fielen, am wenigsten für die mit einem Federschopf.

Wenn man ihre Werke liest, könnte der Verdacht entstehen, dass sie eine unglückliche Begegnung mit einem beschopften Ding gehabt haben muss, einem Vogel, Helm oder Hügel – denn ihre giftigen Bemerkungen finden kein Ende.

Ich erwähne das alles, weil der Zensus ein Dokument ist, das sich nicht für Namen interessiert. Du kannst diesen oder irgendeinen anderen Namen haben, der Zensus weiß das nicht. Wir erhalten nur unsere wertvolle Information von dir, wir markieren dich nur, damit du sie nicht zweimal teilst, und dann gehen wir einfach unserer Wege, nur das. Wir tun nur das und müssen deinen Namen dafür nicht kennen.

Ich denke, es liegt etwas Vortreffliches in der Unterscheidung – in der Fähigkeit, ein Ding vom anderen zu unterscheiden, etwas in seine Einzelteile zu zerlegen und es gleichzeitig als seine Teile und als etwas Ganzes zu sehen – und das bei allem zu tun, das man sieht, gleichzeitig Korn und Ähre zu untersuchen, die Poren, die Gliedmaßen und den Sprung gemeinsam zu sehen. Aber dieses Unterfangen ist oft an ein anderes geknüpft – und zwar daran, dass alles benannt werden muss. Die einzelnen Teile zu benennen und diese Namen zu kennen wird dann mit der vortrefflichen Fähigkeit gleichgesetzt, die einzelnen Teile zu unterscheiden. Tatsächlich ist es aber nur insoweit nützlich, bis jemand beschließt, über einen bestimmten Teil zu reden. Das Erstaunen der gefühlten Erfahrung liegt in der Unterscheidung, nicht im Namen.

Ich spreche mich dann also für eine Welt ohne Namen aus – in der wir erkennen, was ist, und uns davon beeindrucken lassen – die Eindrücke pressen sich in uns hinein und verändern uns für immer. Ich glaube, das ist die Welt, in der mein Sohn lebt.

Auf der anderen Seite liebe ich selbst Namen und sammle sie auch. Ich mag diesen alten Gedanken – dass Namen Macht besitzen; aber mehr noch als das, mag ich es einfach, Namen auszusprechen. Die Namenskonventionen, die für diese oder jene Sprache gelten – für mich unfassbar –, können trotzdem in ihrer ganzen Pracht gesehen und gehört werden. Nichts mag ich mehr, als eine Liste von Namen zu sehen, oder zu hören, wie ein Name ausgesprochen wird.

Können wir nicht zwei gegensätzliche Dinge auf einmal fühlen? Für wen sollte das ein Verbrechen darstellen?

Die Ansicht, dass eine Person eine andere beeinflussen kann, ohne zu sprechen, ist uralt. *Alles Fleisch setzt sich fort.* Das war die Variante dieser Idee, die in der Shape School gelehrt wurde.

Den Schülerinnen wurden Gefühle zugeteilt – Freude, Überraschung, Zorn – und sie wurden gebeten, diese Gefühle einer anderen Schülerin zu vermitteln, die die Last tragen musste, absolut gar nichts zu tun. Die zweite Schülerin sollte als Zuschauerin nicht gegen das arbeiten, was da passierte, sollte nicht stoisch sein, sollte sich jenseits solcher Verbote befinden, die Aufgabe bestand nur darin, dazusitzen, ein Mensch zu sein und etwas zu fühlen. Dann würde die erste Schülerin in Aktion treten und daran arbeiten, dass die zweite Schülerin genau den Zorn fühlt, den sie fühlte.

Dass die emotionale Brücke von einem Menschen zum anderen im Allgemeinen kein Spiegel ist, ist dabei ein Hindernis. Das bedeutet – wenn jemand zornig ist, löst das manchmal Angst aus, wenn jemand ängstlich ist, macht dich das manchmal zornig oder freut dich sogar. Wenn jemand traurig ist, fühlst du manchmal Abscheu. Du kannst nicht einfach eine Emotion verkörpern und denken, dass damit allein schon die Arbeit erledigt wäre. Sicherlich, eine Masse kann einem Einzelnen am Rand ein Gefühl vermitteln. Eine verängstigte Masse ist beängstigend. Ich bin sicher, dieses Gefühl kennen alle. Auf die gleiche Art macht eine wütende Menge, solange man nicht das Gefühl hat, Ziel dieser Wut zu sein, wütend. Es ist einfach, in die Wut einzustimmen.

Damit können wir eigentlich anfangen: Die Person, die ihr Gefühl an jemand anderen senden möchte, muss auf gewisse

Weise die Vielheit eines Mobs erlangen, die auf zwei Arten gesehen werden kann: Entweder tritt sie auf, als wäre sie viele, oder sie sorgt dafür, dass die Person, die von ihr angefleht wird, sich sehr klein fühlt. Zweiteres wäre für die Betreiberinnen der Shape School nicht akzeptabel gewesen, da sich ihre Grundsätze dagegen richteten, die Leben ihrer Zuschauer zu bagatellisieren oder ihren Geist zu verletzen, also blieb nur Ersteres. Wie aber wird man ganz allein zur Masse?

Wie denn?

Die Maßgaben und die Art, wie die Shape School geführt wurde, erwiesen sich für meine Frau als sehr nützlich, als klar wurde, dass unser Sohn geboren wird. Niemand wusste, wie man mit ihm umgehen, ihn unterrichten, ihm helfen sollte. Es gab die allgemeine Ansicht, dass er sich selbst überlassen werden sollte, ignoriert eigentlich. Dieser Ansatz ist kriminell. Glücklicherweise waren wir, wie ich schon erwähnt habe, nicht ohne Mittel, denn meine Frau war ein besonderer Mensch mit Tausenden seltsamen Ideen.

Das Erste, was man an der Shape School lernt, ist Geduld. Um jemanden zu erreichen, setzt man eine Handlung. Dann muss man geduldig abwarten, bis der Effekt eintritt. Wenn man lernt, die Zeichen dieser Auswirkungen zu lesen, kann es auch passieren, dass man gar nicht so lange warten muss, aber wie meine Frau oft gesagt hat – es kann sein, dass du etwas tust oder sagst und die Auswirkungen erst Jahre später zum Vorschein kommen, vielleicht durch die Wiederholung der Szene in einem Traum, wer kann das sagen? Unsere Handlungen haben ein Echo – ein Mensch zu sein, heißt zittern!

Jedenfalls war meine Frau sehr geduldig und sie probierte etwas mit unserem Sohn aus und wartete dann, was dabei herauskam, und dann probierte sie etwas anderes und schaute, was daraus wurde, sie wiederholte alles hartnäckig immer wieder und bestärkte ihn mit ihrer Begeisterung. Es gab nicht die Erwartung, dass etwas Bestimmtes passieren würde. Das Wichtigste war, dass er das Gefühl hatte, dass wir alle Teil eines gemeinsamen Projekts waren – dem Projekt unseres Lebens. Er wollte nichts mehr, als Teil davon zu sein. Ist es denn nicht das, was wir alle wollen? Warum sollte er da anders sein?

Im Jahr vor ihrem Tod sagte sie oft zu mir, es sei schade, dass sie nicht erst Karriere als Clown gemacht hatte, nachdem wir unseren Sohn großgezogen hatten, denn sie hatte das Gefühl, dass ihre Fähigkeit für Empathie und Sorge sich durch diese Erfahrung tausendfach gesteigert hatte. Ich kann ehrlich sagen, dass es bei mir genauso war – ich war ein besserer Arzt, weil wir meinen Sohn bekommen hatten, weil es mir eine Grundhaltung vermittelt hat – ich sollte von niemandem etwas Bestimmtes erwarten, noch sollte ich jemanden unterschätzen: eine Demut, die ich mir nicht durch die Selbsteinschätzung erworben hatte, sondern durch mangelndes Vertrauen in Beurteilung und Vorhersage. Wie du weißt, war das auch die Haltung, die mich zur Arbeit des Zensus geführt hat.

Irgendwie war das angesprochene Projekt, das Projekt unseres Lebens, dem sich meine Frau, mein Sohn und ich verschrieben hatten, mit dem Leichnam meiner Frau gescheitert, als blieb meinem Sohn und mir keine andere Wahl, als eine drastische Handlung zu setzen, eine Art Neubewertung. Für uns war das der Zensus, deshalb machten wir uns auf den Weg nach Norden und durchquerten Ring um Ring, B und C und D und so weiter. E und F und G.

Hätte es auch etwas anderes sein können? Hätte diese Neubewertung auch eine völlig gegenteilige Form annehmen können – vielleicht eine Reise auf dem Ozean, mein Sohn und ich als Passagiere auf einem Schiff, Abendessen inmitten von Kellnern mit weißen Handschuhen? Das war nicht die Art, wie wir unser Leben lebten – diese Möglichkeit bot sich uns also nicht, aber vielleicht eine andere? Es ist schwer zu sagen. Ich weiß, dass die Vorstellung meiner Frau, mit mir und meinem Sohn das Land zu bereisen, sich in meiner

Erinnerung zu einem Befehl verhärtet hat, der durch ihren Tod erteilt wurde. Und eine einfache Reise, eine Reise ohne Zweck wäre – wie sage ich das –, es wäre auf so einer Reise schwierig oder unmöglich, Entscheidungen zu treffen. Der Zensus konnte den Platz meiner Frau einnehmen, waren es davor sie, mein Sohn und ich gewesen, gab es jetzt eine neue Dreiergruppe, mich, meinen Sohn, den Zensus. Wir wurden von einer gemeinsamen Bestimmung zusammengehalten und mussten uns nichts fragen, sondern konnten einfach fühlen.

Als wir den Fluss überquerten und nach J kamen, sprachen wir über die guten Dinge, die wir essen würden. Wie alle anderen auch reden wir über das Abendessen, wenn der Tag vorankriecht. Ich wollte eine Suppe, eine Gemüsesuppe und einen Käsetoast – etwas, das es bei jeder Raststation gibt. Mein Sohn wollte einen Hamburger und danach vielleicht ein Stück Kuchen.

Aber in J war niemand mehr. Die Straße war in gutem Zustand, genauso wie die Brücke, über die wir gekommen waren, aber J war nur eine lange Reihe geschlossener Geschäfte, eingestürzter Dächer, Beton, gespalten von den festlichen und brutalen Händen der Pflanzen, den Fingern junger Bäume.

Wir müssen einfach weiterfahren, sagte ich. Am besten, wir machen die Erdnüsse auf und fahren weiter. Während wir fuhren, stellte ich mir die Raststätte vor, die wir erreichen würden, und den Dampf, der von der Gemüsesuppe aufsteigt, die ich dort essen würde.

Ich glaube nicht, dass meine Frau von meinem Sohn enttäuscht war. Ich glaube, sie gab weder sich selbst noch mir die Schuld. Ihr Verständnis der Dinge ging darüber hinaus. Aber ich weiß, dass sie sich manchmal gewünscht hätte, wir hätten mehr unternehmen können. Es gab Dinge, die sie gerne getan hätte, und jetzt, wo sie tot ist, ist klar: Wir haben diese Dinge nicht getan und werden sie nicht mehr tun. Ich nehme an, das gilt für Kinder im Allgemeinen, für alle Kinder, aber bei einem Kind, das der ständigen Obhut bedarf, gilt es wohl im Besonderen. Ich entschuldigte mich nie bei ihr für ihn und sie sagte auch nichts darüber zu mir. Wenn ein solches Gefühl des Unglücks bestanden hat, dann war es sehr abstrakt, denn ganz konkret fühlten wir: Wir waren froh, ihn bekommen zu haben, und glücklich, dass wir diejenigen waren, die für ihn sorgen durften und die ständig in seiner Nähe waren. Ich habe philosophische Bücher gelesen, in denen die Freiheit der Bürde erklärt wird, dass wir alle eine passende Bürde suchen. Bis wir sie finden, sind wir ganz fürchterlich angekettet, können kaum leben.

K

Die Leute in der nächsten Stadt, die wir früh am Morgen erreichten, erzählten uns über J, dass es dort ein Minenunglück gegeben hatte und dass alle wichtigen lokalen Unternehmen mit untergegangen waren. Alles andere ging ebenfalls den Bach runter und die Leute flohen. Ein alter Mann lebt noch dort. Vielleicht habt ihr ihn gesehen?

Das Gewerbe in K, das nicht nur eine Stadt war, sondern eine ganze Reihe – drei oder vier an einem Fluss, mit Feldern auf beiden Seiten –, war die Landwirtschaft.

Die Sache mit der Landwirtschaft, sagte mir ein Mann, als ich ihn markierte, ist folgende: *Alles geht schief*. Bauer sein heißt, sich daran zu gewöhnen, dass absolut alles schiefgeht. Niemand außer Bauern versteht Fairness.

Was gibt es da zu verstehen?, fragte ich

Es gibt keine.

Die Frau des Mannes hustete und gab mir eine Tasse Kaffee.

Minenarbeiter glauben, sie können wertvolle Dinge aus dem Boden schürfen und damit schnell reich werden. Aber was passiert, wenn die Mine einstürzt?

Ich sagte, dass ich das Schürfen auch für eine schwere Arbeit halte.

Oh, es ist eine schwere Arbeit – es ist eine schwere Arbeit. Aber tust du wirklich, was nötig ist? Tust du das? Wartest du darauf, die Früchte zu ernten?

Ich verstand nicht, was er mir damit sagen wollte, also probierte ich den Kaffee, der schrecklich schmeckte, und lobte ihn und bedankte mich. Ich erledigte den Zensus erst bei ihm und dann bei seiner Frau und ich tat das hinten im Haus, bei einem Fenster, von dem aus man über die Felder des Bauernhofes blickte. Sie saß neben mir auf einer Bank und ich spürte sofort ihre Weiblichkeit. Man kann ein Mann sein, man kann eine Frau sein, ein Junge sein, ein Mädchen sein et cetera. Natürlich ist keine Frau mehr eine Frau als eine andere – jede sollte die Möglichkeit haben so zu sein, wie sie sein möchte, und sich dabei aus dem Nichts zu erfinden. Aber es gibt einige, die in großer Übereinstimmung damit sind, was es kulturell bedeutet hat, eine Frau zu sein – und wie das auszusehen hat –, und manche umgeben sich mit einer kraftvollen Form der Weiblichkeit. Es macht auch keinen Unterschied, ob sie jung oder alt sind. Ich spreche von etwas anderem. Ich glaube, ich habe auch schon einmal einen Mann getroffen, der darüber verfügte – über diese Weiblichkeit. Ich saß mit dieser Frau auf der Bank und ich konnte meine Augen schließen und sie zeichnen. Das ist ein Teil davon.

Sie erzählte mir eine Geschichte von sich, die schon weit zurücklag. Das war für mich der Kern, den ich von ihr brauchte, und mehr benötigte ich als Volkszähler nicht.

Sie sagte, als ich meinen Mann getroffen habe, war ich mit jemand anderem verheiratet. Er, mein erster Mann, war Vorarbeiter im Chemiewerk von P. Ich schätze, wenn du auf dieser Straße nach Norden fährst, dann wirst du da irgendwann hinkommen. Wir hatten ein großes Haus und zwei Töchter. Ich war das hübscheste Mädchen der Stadt, und die Leute sagten mir immer, was ich für ein Glück hatte. Hast du ein Glück, sagten sie. Zwei Töchter, die genauso aussehen wie du. Aber beide Töchter starben. Mein Mann hatte irgendwelche Schadstoffe an seiner Kleidung mit nach Hause gebracht und die erwischten sie. Sie waren da gerade drei und fünf. Ich erinnere mich daran, wie klein ihre Leichen waren. Ich begriff nichts von dem, was mir gesagt wurde. Ich konnte ihn nur verlassen und so tun, als wäre das nicht passiert. Ich nahm den Bus mit einer kleinen Tasche. Ich kam in diese Stadt. Ich heiratete meinen zweiten Ehemann, machte weiter die Arbeit, auf die ich mich verstand. Wir bekamen noch ein Mädchen, eine Tochter. Sie kam ein Jahr später.

Ich benannte sie nach ihnen, ihr Vorname ist der Name meiner ältesten Tochter, ihr Mittelname ist der Name meiner zweitältesten Tochter, ihr ganzer Name war der Name von allen dreien, denn ich behielt meinen Namen. Sie ist jetzt auch fort – sie ging weg, um eine Schule zu besuchen, und kam nicht mehr zurück, was ich verstehen kann. Man darf niemals jemanden darum bitten, zu bleiben, ist es nicht so? Aber diese andere Sache wundert mich. Worin besteht der Trost, sie nach den anderen zu benennen, diese Namen wieder zu verwenden? Warum halten wir Dinge in Ehren, indem wir so tun, als wären sie wie andere Dinge? Ergibt das irgendeinen Sinn?

Ich sagte, es ergebe keinen Sinn – aber dass ich es verstehen würde. Ich glaubte zu verstehen, warum sie das tat. Ich fragte sie, was ihr Mann von all dem hielt.

Er weiß nichts davon. Ich habe ihm nie davon erzählt.

Sie sagte, sie habe gewusst, dass irgendwann jemand vorbeikommen würde, mit dem sie darüber sprechen könne, und bis dahin hatte sie keine Eile. Es gibt immer genug zu tun, so formulierte sie es.

Die Felder, auf die wir schauten, waren öde, völlig flach, denn es war Winter und der Himmel war voller Wolken. Ein Vogel bei der weit entfernten Baumgrenze störte die Szenerie, ansonsten war alles so still wie Wasser. Jeder Ort, den man besucht ... ist man dort, hat man ein Gefühl dafür, wie weit dieser Ort von allen anderen Orten entfernt ist, wenn man in einer bestimmten Stimmung ist. In einer anderen Stimmung habe ich das Gefühl, ich könnte aufsteigen, meinen Körper beinahe verlassen und irgendwo anders sein, oder überall anders zugleich. Kennst du das, das Gefühl dieser Gleichzeitigkeit?

Das Haus war über und über mit kleinen fröhlichen Gesten aus Farbe und Struktur dekoriert. Auf mich wirkte es schwedisch. Ich schaute noch einmal aus dem Fenster. Eine dünne Lichtsäule fiel durch eine Wolke – wie in einem Gemälde –, und das Feld rundherum wurde schattig und verlor jeden Reiz. Dann wurde die Säule breiter und verschwand und wuchs plötzlich an und das ganze Feld war voller Licht, alles war scharf gestellt. Dann kehrten die Wolken zurück.

Die Frau sah aus wie jemand, den ich kannte, eine meiner Patientinnen, die aus einem Fenster gefallen war. Ich hatte ihr Bein und ihren Arm verarztet und dafür brachte sie uns immer wieder einmal einen Korb von diesem oder jenem. Meine Frau mochte sie, ich aber nicht. Sie fragte mich immer, warum magst du sie nicht? Und ich erfand dann irgendwelche Gründe. Ich sagte, sie hat viel zu viele Hunde, sie kann sich unmöglich alle Namen merken, oder sie trägt einen Regenmantel, wenn es sonnig ist. So sprachen meine Frau und ich miteinander.

Aber ich saß nicht mit der Frau, die ich nicht mochte, in diesem Zimmer, sondern mit dieser Bauernfrau, die ich nicht kannte und auch nicht kennen konnte – denn ich selbst war an dieser Begegnung nicht beteiligt. Ich war im Auftrag des Zensus hier, Zuneigung oder Ablehnung spielten keine Rolle.

Hast du noch andere Fragen an mich?, fragte sie.

Es war so lange her, sagte ich. War sie jemals nach P zurückgekehrt? Hatte sie ihren ersten Mann je wieder getroffen, den Vorarbeiter?

Ich würde doch meinen, dass er sich umgebracht hat. Das muss so sein, er hat sich sicher umgebracht.

Sie betonte das Wort umgebracht mit einem bestimmten Akzent, aber ich konnte die Betonung nicht zuordnen.

Was denkst du?, fragte sie mich. Was hättest du unter diesen Umständen getan? Hättest du dich nicht einfach umgebracht?

Wir gingen zurück in das andere Zimmer, wo mein Sohn mit dem Bauern Dame spielte. Mein Sohn hatte drei Könige und war gerade sehr zufrieden mit sich. Das Spiel war ein voller Erfolg. Der Bauer hatte nur einen König und es sah nicht gut aus.

Ich machte ein Foto von den beiden, über das Brett gelehnt. Mein Sohn hatte noch die Jacke an und die Ärmel des Bauern waren hochgekrempelt.

Der Bauer fragte in diesem Moment, dem Moment, in dem ich das Foto machte, ob sie sich auf ein Unentschieden einigen könnten. Im Gegenzug bewegte mein Sohn, niemand, den man zur Eile drängen konnte, schon gar nicht in seinen glücklichsten Momenten, einen seiner drei Könige, ich bezweifle, dass es eine Rolle spielte welchen, und lächelte das Brett an, auf dem sich die Zähne von abgerissenen Maiskolben wie gezeichnete Sonnen ausbreiteten.

L

Das Land ist größer, als irgendjemand glaubt. Es beinhaltet mehr – so viel, dass jede Vermessung unweigerlich fehlerhaft sein muss. Manche denken, dass die Lösung darin besteht, mit Flugzeugen darüber hinwegzufliegen und alles von oben zu fotografieren, damit nichts verloren geht. Das Problem ist, die Dinge sind von oben nicht dieselben. Ich hatte oft Fotos des Landes nördlich der Hauptstadt gesehen und Geschichten gehört. Ich hatte von anderen gehört, die eine ähnliche Reise gemacht haben wie wir, und die die Straße bis nach Z gegangen sind. Aber ich habe wenig von der Gegend nördlich von L gehört.

Als mein Sohn und ich den langen Abhang hinunterfuhren und K dabei weit hinter uns ließen, sah ich durch das beschlagene Glas der Scheibe ein lang gezogenes Tal, das sich vor uns und in alle Richtungen erstreckte. Der Rest unserer Reise würde uns durch eine industrielle Hölle führen, manchmal von Streifen durchsetzt, die man vielleicht Wildnis nennen könnte, die aber eigentlich verlassene Gebiete waren, Städte, die es nicht wert waren, erforscht zu werden, und deren Umland.

Mein Zustand verschlechterte sich, als wir unterwegs waren, und wieder dachte ich daran, anzuhalten, vielleicht sogar für ein paar Tage, aber das erste Motel auf unserem Weg war schmutzig, und obwohl wir ein Zimmer nahmen, weigerte sich mein Sohn, es zu betreten, und wir schliefen im Auto.

Gehst du hinein? Bitte?

Er wollte nicht, auf keinen Fall.

Das Motel war ein Leapley Motor Inn und ich muss zugeben, dass ich auch nicht in dem Zimmer schlafen wollte.

Am nächsten Morgen gingen wir zu einer Wohnanlage und klopften an die erste Tür, an der wir vorbeikamen.

Mein Sohn und ich diskutierten darüber, ob die Leute hier anders wären. Eigentlich waren wir uns einig, dass sie es sein würden, aber er war der Ansicht, sie wären überhaupt nicht wie alle Menschen davor. Ich war anderer Meinung.

Die erste Tür öffnete uns ein Mann um die fünfzig, mit einem gelblichen Gesicht und einem Schnurrbart.

Der Zensus, aha. Gut. Kommt rein.

Der Mann war ein Ermittler bei der Polizei von L. Er hatte drei Jahrzehnte lang in dieser Abteilung gedient und alles gesehen, was einem Menschen widerfahren kann, sei es gut oder schlecht.

Seine Ehefrau, eine viel jüngere Frau, beinahe noch ein Mädchen, sagte er uns, war gerade nicht zu Hause, aber sein neunjähriger Sohn war da. Sie saßen nebeneinander auf der Couch, und wir saßen ihnen gegenüber. Manchmal sprach der eine, dann wieder der andere.

Zuerst war der Junge verwirrt, worauf wir hinauswollten, was natürlich verständlich ist – wir wollten ja auf nichts Bestimmtes hinaus. Aber der Vater, der ja Polizist war, wusste genau über den Zensus Bescheid und erklärte seinem Sohn, was unsere Aufgabe war. Das bedeutete, dass wir von den Umständen dazu gezwungen wurden, uns – wenigstens in diesem Fall – an das allgemein bekannte typische Verhalten des Volkszählers anzupassen, obwohl wir ein anderes Ziel verfolgten, unser eigentliches Ziel (das sich, wie ich schon erwähnt habe, von der typischen Aktivität des Zensus unterscheidet).

Der Sohn hielt einen Spielzeugsoldaten, der für einen Winterfeldzug in dicken weißen Stoff eingewickelt war. Der Spielzeugsoldat hatte ein Gewehr, das ebenso eingewickelt war.

Ist Henry auch ein Teil des Zensus?, fragte der Junge.

Sein Vater sagte, die Frage sei absurd. Henry war eine Puppe. Er hatte nichts mit dem Zensus zu tun.

Ich sagte, andererseits gibt es auch keinen Grund, Henry zu meiden. So wie der Zensus im Allgemeinen durchgeführt wurde, gebe es so viele Fehler, dass es keinen großen Schaden anrichten würde, Henry den Daten hinzuzufügen. Ich wies darauf hin, dass Henry, als Konstrukt einer Person im kulturellen Gesamtzusammenhang, potenziell auch eine Art von Konsens repräsentierte und den anderen Daten daher wohl nicht in die Quere kommen würde.

Der Vater war, als Polizeiveteran, durchaus daran gewöhnt, schlafende Hunde nicht zu wecken und gegenwärtige Angelegenheiten so zu regeln, dass sie der Situation am besten entsprechen.

Also dann, Henry, sagte er. Was denkst du?

Der Junge sagte, dass Henry erst vorgestellt werden wollte.

Der Ermittler erklärte uns, dass sich sein Sohn die Winterscharfschützenfigur schon sechs Monate lang gewünscht hatte, aber wann immer sie in das Geschäft gingen, habe es keinen Winterscharfschützen mehr gegeben, weil alle verkauft worden waren. Das Spielzeuggeschäft akzeptierte keine Bestellungen; man musste einfach zur richtigen Zeit dort sein. Viele seiner Freunde hatten Spielzeugsoldaten und einige hatten auch den Winterscharfschützen. Die, die ihn hatten, bestanden darauf, dass das der beste Spielzeugsoldat war. Die anderen Spielzeugsoldaten wurden eigentlich nur im Haus verteilt, um von einem Winterscharfschützen bemerkt und getötet zu werden. Jedes andere Narrativ war höchst umstritten. Dieses Schema machte die anderen Spielzeugsoldaten, die der Sohn besaß, für das Spiel unbrauchbar, und er war darüber untröstlich und starrte für lange Stunden ins Leere.

Endlich, eine Woche vor unserer Ankunft, wurde der Ermittler an einen Tatort gerufen. Eine Frau hatte Selbstmord begangen und ihre beiden Kinder mit sich genommen. Der Ehemann war auf der Flucht und ein Verdächtiger in einem anderen Fall, an dem der Ermittler arbeitete. Während der Ermittler durch das Haus ging und alles untersuchte, fiel sein Blick auf einen vertrauten und beinahe verhassten Anblick: Ausgestreckt unter dem Bett eines der toten Kinder lag die Winterscharfschützenfigur, mit Gewehr und allem Drum und Dran.

So habe ich Henry getroffen, sagte er. Henry brauchte ein Zuhause. Man kann nicht immer nur herumgehen und aus dem Hinterhalt auf Leute schießen. Irgendwann braucht man auch ein Zuhause.

Als wir weiterfuhren, hatte ich immer wieder Schwindelanfälle und manchmal musste ich stundenlang anhalten. Ich hatte oft Probleme mit dem Atmen.

Während wir unsere Besuche durchführten, während wir die Unterlagen beschafften, die wir brauchten, kam es mir vor, als würde ich nicht nur nach L und weiter nach M und N reisen, sondern in meine eigene Vergangenheit, denn als ich schwächer wurde, begann ich die Menschen wiederzuerkennen, auf die wir trafen, und wenn sie mir ihre Geschichten erzählten, hatte ich das Gefühl, schon einige davon zu kennen.

Ich hatte immer wieder Albträume. In diesen Albträumen war ich im Büro des Zensus und der Büroleiter sagte zu mir, dass ich alle Formulare falsch ausgefüllt hatte, dass jedes kleinste Fitzelchen, das ich eingeschickt hatte, zerstört werden würde. Er zeigte mir, was Zerstörung bedeuten würde. Er führte mich zu einem Raum und riss die Tür auf. Auf der anderen Seite war eine Art Feuergrube und alle Papiere, die ich beschafft hatte, waren dort aufgehäuft. Auf den Papieren kauerten die winzigen lebenden Formen der Menschen, die ich getroffen hatte, und das Ganze war in Brand gesetzt worden – es brannte. Das war einer der Albträume. In einem anderen schnitt ich Menschen die Haare. Aus irgendeinem Grund war ich im Büro des Zensus und schnitt den Mitarbeitern die Haare, und ich hörte zu, wie sie über jemanden redeten, und die Person, über die sie redeten, war ich. Sie sagten schreckliche Dinge über mich, über meinen Sohn, sie sagten, dass noch etwas auf uns warten würde, ein furchtbares Ende, ein Ende, das wir selbst hätten vorhersehen können. Sie hatten beinahe zu viel Spaß dabei, und ich musste sie immer wieder bitten stillzuhalten, damit ich ihnen die Haare schneiden konnte, aber das taten sie nicht, dafür gingen sie zu sehr in ihrem Gelächter auf. Sie dachten sich immer neue Witze über diesen Volkszähler und seinen Sohn aus – dieses völlig vertrottelte Paar. Währenddessen wurde die Schlange der Leute, die sich die Haare schneiden lassen wollten, immer länger.

In einem anderen Traum rief mich der Büroleiter zu sich und bat mich zu erklären, was ich denn zu tun gedenke. Er sagte zu mir, du solltest jedes Haus in jeder Stadt besuchen. Du verlässt eine Stadt nicht, bevor du nicht jedes Haus besucht hast. Verstehst du das nicht?

Als ich versuchte zu erklären, warum ich das nicht getan hatte, war meine Stimme nur ein Flüstern. Ich flüsterte, und er bat mich, lauter zu sprechen, und als ich das nicht konnte, schlug er mich mit dem Handrücken, ein kurzer Schlag, so wie man ein Kind oder einen Hund schlägt.

Steh auf, sagte er, und wenn ich versuchte aufzustehen, drückte er mich zurück in den Sessel.

Ich erwachte jeden Morgen im Auto. Ich fühlte mich beinahe eingesperrt, aber gleichzeitig war es der einzige Ort, an dem ich auch ein wenig Trost fand, oder wenn schon keinen Trost, dann wenigstens kein Zögern.

Wir hielten uns mehr und mehr im Auto auf, also erwachte ich im Auto, wir erwachten im Auto, und die Windschutzscheibe war direkt vor mir, undurchschaubar, wie der Deckel eines Sarges, und ich hatte das Gefühl, dass ich ohne Zweifel, unerbittlich, in einem Sarg war. Ich war in einem Sarg, aber dann hörte ich den Atem meines Sohnes neben mir. Ich hörte ihn; manchmal wurde er sogar wach und streckte mir die Hand entgegen und wir hielten uns an den Händen. Dann konnte ich atmen und atmen und der Tag begann.

Ich wusste, ich musste nach Z. Es bleib mir nichts übrig, als bis Z weiterzumachen. Und zur gleichen Zeit, als sich mein Zustand verschlechterte, war ich sicher, dass ich es nicht bis Z schaffen würde. Was dann? Wenn man nichts anderes tun kann, macht man das Wenige, das man kann – das Wenige, das noch bleibt.

M

Als wir uns begegneten, schrieb meine Frau mir Briefe. Wir lebten am selben Ort – noch nicht zusammen natürlich, aber in der gleichen Stadt, und wir trafen uns jeden Tag, oder beinahe jeden Tag, und trotzdem schrieb sie mir Briefe.

Ich habe einfach das Gefühl, sagte sie, dass es Dinge gibt, die ich niemals zu dir sagen würde – Dinge, die du wissen musst.

Außerdem war sie der Meinung, dass sie die Person, die sie in diesen Briefen war, nicht kannte, bis sie den Brief nicht geschrieben hatte, und dann war es, als würde sie sich selbst begegnen.

Sie erzählte, dass sie während ihrer Zeit an der Shape School dort in der Nähe bei einem jungen Paar gewohnt habe, das sich bereit erklärt hatte, drei Schülerinnen aufzunehmen. Diese drei waren meine Frau, ein Mädchen namens Gretchen, die siebzehn war, ungefähr so alt wie meine Frau, und ein jüngeres Mädchen. Das jüngere Mädchen war völlig uninteressant. Erinnerst du dich an eine der Vasen im Haus deiner Tante? Hattest du eine Tante? Hatte sie Vasen? Hast du die Vasen gesehen? Das Mädchen war wie eine solche Vase, es war schwer, von ihr Notiz zu nehmen, und man hatte sie sofort wieder vergessen, konnte sie nicht von den anderen Vasen unterscheiden.

Meine Frau sagte, das Paar war jung und sehr erfolgreich. Das Haus war ziemlich groß, mit wunderschönen Arbeitsplatten aus Marmor, Zimmern, die zu weiteren Zimmern führten, zwei oder drei Küchen, Terrassen, Veranden. Der Mann war Anwalt, seine Gattin war Chemikerin. Weil die Frau Chemikerin war, verbrachte sie viele Stunden im Labor, und während sie dort war, schlief der Mann mit Gretchen überall im ganzen Haus. Er war sehr charismatisch und kam irgendwie zu einem Einverständnis mit den Mädchen, dass das alles nur ein Jux sei, von dem man aber keinesfalls sprechen durfte – es war etwas, das die Mädchen und er gemeinsam hatten, so drückte er das aus. Währenddessen setzte sich die Frau mit den Mädchen zusammen und gab ihnen Ratschläge für ihr Leben, wie sie sich als Frauen benehmen sollten. Sie berührte Gretchen am Handgelenk und sagte, du musst die Dinge aus jedem möglichen Blickwinkel betrachten. Gretchen lachte – sie hatte ein heiseres Lachen wie ein Esel, und sie lachte. Für sie war das sehr komisch – wenn die Frau über Blickwinkel sprach.

Trotzdem war meine Frau damals noch ein Mädchen und liebte es, die Shape School zu besuchen. Sie hatte einen Ort zwischen den Flügelschlägen gefunden, wie sie es ausdrückte. Der Vogel segelt durch die Luft. Die Lehrerinnen lobten sie die ganze Zeit, aber forderten sie auch, verfluchten sie sogar. An der Shape School benutzte eine der Ausbildnerinnen sogar eine Gerte, um die Schülerinnen zu disziplinieren. Sie hat sie auch mit der Peitsche geschlagen.

Meine Frau erzählt, dass sie eines Tages nur in einer Hose in die Klasse gekommen war – Nacktheit war in der Shape School nicht außergewöhnlich, und dass sie die Lehrerin so hart mit der Gerte geschlagen hatte, dass direkt unter dem Schlüsselbein die Haut aufplatzte. Warum wurde sie ausgepeitscht? Sie wurde ausgepeitscht, weil sie nicht bemerkt hatte, was gerade los war. Dass sie kein Oberteil trug, hatte damit nichts zu tun.

Eine der Regeln der Shape School besagte, dass man besser sofort alles mitbekommt, was in einem Raum passiert. Alles, was passiert, musst du dir aneignen, verarbeiten und richtig einordnen. Aneignen, verarbeiten, einordnen. Dann weißt du, wie du dich zu verhalten hast. Du solltest dann auch in der Lage sein, die Augen zu schließen und die Szene zu rekonstruieren.

An diesem Tag war sie spät dran und dachte an etwas anderes; als sie also die Klasse betrat, bemerkte sie nicht, dass da gerade eine Hündin auf dem Tisch Junge bekam. Weil sie so unvermittelt in den Klassenraum gestürzt war, erschreckte sie die Hündin. Das führte zur korrekten Bestrafung durch ihre Lehrerin.

Ich mochte sie trotzdem, schrieb sie in dem Brief, in dem sie mir diese Ereignisse beschrieb. Ich mochte sie, auch wenn sie mich schlug. Ihr Unterricht war brutal. Es war unmöglich, die Klasse nicht als ein anderer Mensch zu verlassen.

In einem anderen ihrer Briefe erzählte sie von ihrem Freund Willy. Er ging nicht in die Shape School, er besuchte eine Schule in der nahe gelegenen Stadt. Aber er verdächtigte sie ständig, an der Shape School Sex-Orgien zu feiern, etwas, das – soweit meine Frau wusste – nie an der Schule stattgefunden hatte und auch nicht stattfinden würde. Trotzdem, die generelle Regellosigkeit, der physische Kontakt und die Respektlosigkeit, die in der Shape School vorherrschten, ließen ihn glauben, dass dort solche Dinge vor sich gingen, und er versuchte ständig, sie bei einer Lüge zu ertappen. Davon abgesehen war er ein netter junger Mann, sagte sie, und sie hätte ihn vielleicht geheiratet, wenn da nicht diese eine Sache gewesen wäre. Eines Tages unterhielten wir uns und er sagte etwas zu mir. Das, was er sagte, war so furchtbar, dass ich beschloss, nie mehr mit ihm zu sprechen. So sehr ich ihn auch liebte, so sehr ich auch den Rest meines Lebens mit ihm verbringen wollte, so sagte er doch diese eine Sache und das war einfach zu viel. Ich wusste sofort, dass ich ihn nie wieder sehen oder mit ihm sprechen würde. Im nächsten Brief sage ich dir, was es war.

Natürlich war ich begierig zu wissen, was es war, das Willy gesagt hatte. Ich war auch etwas besorgt – ich hatte diese junge Frau erst vor Kurzem getroffen und mochte sie sehr; ich wollte nicht ebenfalls etwas Falsches sagen und so behandelt werden wie Willy. Aber die Tage vergingen, ich sah sie jeden Tag, der nächste Brief wollte aber nicht auftauchen. Das beunruhigte mich. Eines Tages, als wir durch die Stadtgärten spazierten, drehte sie sich zu mir:

Du musst neugierig sein, was Willy zu mir gesagt hat.

Ich sagte, dass ich das sei. Ich war sehr neugierig.

Die Wahrheit ist: Ich kenne niemanden namens Willy. In der Shape School durften wir keine Beziehungen haben. Wir musste sogar ein Dokument unterschreiben, dass wir keine eingehen würden. Die Ausbildnerinnen der Shape School glaubten, dass Menschen Individuen sind und auch bleiben müssen. Es war nie vorgesehen, dass ich irgendjemanden mehr liebe als jemand anderen. Bist du nicht froh, dass ich in dieser Hinsicht versage?

Vor langer Zeit wohnte ich in einer Wohnung über einer Bäckerei. Die Wände und der Boden waren dünn und in der Nacht hörte ich, wie die Bäcker ankamen und ihre ersten Tätigkeiten verrichteten. Anstatt aber zu sagen, dass das lästig war, möchte ich hier festhalten, dass ich den Lärm geliebt habe und dass ich nie wieder so gut geschlafen habe wie damals, als ich gelegentlich aufwachte und die beruhigenden Geräusche von unten aus der Bäckerei hören konnte. Wenn es Zeit war aufzustehen, ging ich zum Fenster, einem riesigen bodentiefen Fenster auf der einen Seite der zugegeben etwas schäbigen Wohnung, riss es auf und saß dann eine Zeit lang dort auf einer kleinen Terrasse mit Blick auf die Hauptstraße. Es handelte sich um einen alten Teil der Stadt und viele der Menschen wurden mir auf diese Art vertraut. Sie liebten diese Straßen, und ich ebenso, und niemand von uns ging gerne von hier weg in die eigentliche Stadt.

Die Bäckerei war zu dieser Stunde für viele das Ziel, in gewissem Sinn saß ich also da auf der Terrasse und schaute zu, wie die Menschen des Viertels zu mir kamen und wieder gingen, wo ich auf dem Mast saß, der aus der Stirn der Kreatur ragte, die die Bäckerei war. Ich war damals so glücklich, und ich war so glücklich, weil in diesem Jahr etwas Großartiges passiert war: *Ich war mir sicher, dass ich jemanden finden würde, den ich lieben konnte.* Davor hatte ich eine wesensgleiche Überzeugung, wesensgleich, aber gegenteilig, begründet durch Erfahrung und vernünftiges Denken, und diese wesensgleiche Überzeugung sagte mir, du hast noch nie jemanden von echtem Wert getroffen, du wirst auch niemanden von echtem Wert finden und der Grund dafür ist: Menschen sind Inseln und jede Kommunikation ist unmöglich. Es gibt nur Vortäuschung, Mummenschanz und die Abstumpfung der Sinne.

Aber eines Tages hatte ich einen Traum. Es war die Nacht vor meinem chirurgischen Examen, und ich hatte einen Traum, in dem ich von Kopf bis Fuß in silbernen Stoff gehüllt war. Ich stand auf einer Wiese und die Sonne und der Mond waren nahe an meinem Kopf, und wie gesagt, war ich in einen silbernen Stoff gekleidet, und dieser Stoff ermöglichte es mir endlich, in meinen Gliedern und Gesichtszügen absolutes Glück zu empfinden. Ich rief laut – aber ohne Zwang, nur ein Schrei, ein goldener Schrei, und aus der Dunkelheit kam jemand zu mir. Überall auf der Wiese waren Bäume, und in den Bäumen fühlte ich Tausende Menschen warten, starren, die Arme um sich geschlungen. Aus dieser Gruppe, aus der Knechtschaft, kam jemand – ein Mädchen – und ihr Gesicht war von mir abgewandt, also konnte ich es nicht sehen, aber sie kam immer näher, und mein Ruf erschallte erneut, und sie kam näher. Ich erwachte in meinem Zimmer, der Lärm der Backstube kam von unten, der Klang der Gespräche der Bäcker. Ich durchquerte das Zimmer, meine Füße glühten gegen die warmen Bodenbretter, und als ich das Fenster aufstieß, fühlte ich, wie sich tausend andere Fenster, andere Türen öffneten. Irgendwie wusste ich, dass ich auf einen Schlüssel gestoßen war und dass es nicht lange dauern würde, bis ich jemanden treffen würde, den ich lieben konnte.

Ich musste nicht lange darauf warten. Vielleicht einen Monat, vielleicht zwei – dann, ich stand gerade an einer Ecke und konsultierte eine Wegbeschreibung, die ich mir auf die Rückseite meiner Hand geschrieben hatte, als ein Mädchen mit mir zusammenstieß. Es tut mir leid, sagte sie, es tut mir leid, dir das sagen zu müssen, aber der Kerl da drüben, der gerade die Straße überquert, ich glaube, ich habe gesehen, wie er dir deine Geldbörse gestohlen hat.

Ich griff in meine Tasche. Es war, wie sie gesagt hatte: Die Geldbörse war weg. Mein Blick ging dorthin, wo der Mann zuletzt gewesen sein musste, aber dort war er nicht länger. Dann sah ich ihn, wie er um die Ecke bog, etwas weiter vorne. Ich verfolgte ihn, aber das Mädchen lief mir nach und sagte, warte, warte, warte und wieder warte.

Du hast es wohl schon vermutet, sie hatte die Geldbörse an sich genommen. Sie gab sie mir zurück und fragte mich, wohin ich so geistesabwesend unterwegs war. Ich sagte sarkastisch, dass ich gleich vor einer Versammlung über die Freundlichkeit zu Fremden sprechen würde und über den allgemeinen Mangel daran. Würde sie mich gerne als Beispiel begleiten?

Sie lachte nicht.

Im Ernst, wohin warst du unterwegs?

Zu einer Party – jemand veranstaltet eine Party. Ich kenne dort niemanden.

Sie lächelte und hakte sich bei mir unter.

Wenn das so ist, sagte sie, dann lass uns zusammen gehen, du und ich. Wir tun so, als wären wir Bruder und Schwester, aber auch Liebhaber. Was meinst du? Wir halten unsere Zuneigung füreinander zurück, weil wir in der Öffentlichkeit sind, aber da ist etwas – etwas, das für alle offensichtlich ist. Was meinst du?

Nun, zu dieser Zeit, das sollte ich erwähnen, war meine zukünftige Frau bereits ausgesprochen erfolgreich. Ich kannte sie allerding nicht, und natürlich gefiel ihr das. Es war wahrscheinlich sogar notwendig, dass ich sie nicht kannte.

Jedenfalls lebte sie in einem wundervollen Haus außerhalb der Stadt und hatte dort eine große Scheune, wo sie ihre Auftritte plante. Sie würde nicht für mich dort ausziehen, es blieb mir also nichts übrig, als selbst auszuziehen. Es gab da allerdings ein Problem. Sie hatte inzwischen daran Gefallen gefunden, mich zu Hause zu besuchen, und sie mochte es besonders gerne, von der Straße aufzuschauen und meine Silhouette im Fenster der kleinen Wohnung zu sehen (es gab fast keinen Ort in diesem Zimmer, an den man gehen konnte, ohne von draußen gesehen zu werden).

Das ist ein Beispiel für ihre Art zu denken. Ihre Lösung für das Problem – das Problem war, dass ich nicht länger in dieser Wohnung wohnen würde, weil ich woanders mit ihr leben würde – war, die Wohnung zu kaufen. Sie kaufte sie und dann vermieteten wir nur an Menschen, die mir zu diesem Zeitpunkt ähnlich sahen. Eine Reihe von Männern, die mir in Körpergröße und Silhouette ähnelten.

So war es also für viele Jahre möglich, sogar bis zu ihrem Tod, in dieses alte Viertel zu gehen und im Fenster mein früheres Ich zu erblicken, das gerade dieses oder jenes tat, Dinge, die ich auch selbst getan hatte, als ich noch dort wohnte.

Meine Frau war sehr dünn, immer sehr dünn, und ihr Gesicht ähnelte ein wenig einem Frettchen. Wenn man sie so ansah, würde man ihr nicht über den Weg trauen. Sie war eher klein und trug weite Kleidung, obwohl sie auch ziemlich groß oder sogar noch kleiner wirken konnte. Das war ein Teil ihrer Kunst.

Sie hatte lange Finger und ein Muttermal unter dem linken Auge, das aussah wie eine Träne. Ihre Iris hatte die Farbe von mattem Grau, wie eine Regenwand, und sie schaute oft durch einen hindurch, wenn man sprach. Die Leute drehten sich immer um, um zu sehen, was sie dort sah.

Sie war nicht sehr stark, aber sie hatte ein unglaublich hartes körperliches Training für ihre Arbeit absolviert, und sie war sehr schnell – erschreckend schnell. Ich erinnere mich, sie war mit meinem Sohn in einem Zug, er war noch sehr jung, vielleicht fünf, und recht zart, und ein Mann begann sich über meinen Sohn lustig zu machen, also zögerte sie nicht: Sie schlug dem Mann ins Gesicht und brach ihm die Nase. Die Polizei kam und es würde Ärger geben, aber keiner der anderen Fahrgäste wollte bezeugen, dass etwas passiert war.

Sie fand aber heraus, wo der Mann lebte, und wir schickten ihm eine Schachtel extra angefertigter Schokolade – ein halbes Dutzend Nasen. Das war ihre Art von Humor. Als wir es dem Chocolatier erklärten, musste wir noch nicht einmal etwas dafür bezahlen.

Von dem Moment an, als ich sie getroffen hatte, fühlte ich mich nicht mehr allein. Wenn überhaupt, wurde ich anderen gegenüber verschlossener, denn alles, was ich sagen wollte, konnte ich ihr gegenüber besser ausdrücken, und es wurde auch besser von ihr verstanden als von irgendjemand anderem.

Manchmal versuchte sie, mich davon zu überzeugen, spielerisch mit meiner Arbeit umzugehen, eine Klammer oder eine Zange in meinen Patienten zu lassen, mit einer Notiz für die Person versehen, die das schließlich herausholen würde – solche Dinge. Natürlich habe ich das nie getan.

Ich frage mich aber oft, was sie am Anfang so anziehend an mir fand. Sie sagte, es war, weil meine Gefühle alle leicht entstellt waren. Sie sah mich auf der Straße und beobachtete mich – sie tat das ständig, um für ihre Auftritte zu trainieren, Menschen folgen, um zu erfühlen, was sie denken, versuchen zu kopieren, was sie tun. Sie meinte, ich sei sehr schwer zu kopieren, nicht weil ich derb war, sondern aus einem anderen Grund, den ich nicht kannte.

N

Manchmal fuhr ich stundenlang und dann hielt ich nur an, wenn mein Sohn an meinem Arm zog und zog. Ein anderes Mal saß ich im Auto und starrte auf die Scheibe, beinahe unfähig, eine Vorwärtsbewegung einzuleiten. Dann wartete mein Sohn geduldig – seine Geduld war legendär – und er sang, und bald waren die Wolken vorübergezogen und wir konnten weiterfahren. Viele Male bekam ich keine Luft und ich dachte, es wäre aus, aber dann folgte ein Augenblick und ein Augenblick, und dann konnte ich wieder atmen.

Da war diese Veranda, ich erinnere mich, dass wir davor anhielten, entweder in M oder N, es gab keinen Hof, nur Autos, die kreuz und quer standen, und wir hielten direkt neben der Veranda und gingen hinein.

Ein paar Kerle, Mechaniker, lungerten auf den Eingangsstufen herum. Wir redeten eine Zeit lang mit ihnen, dann markierte ich sie und wir gingen ins Haus. Es war eine Männerpension, viele Einzelzimmer mit Gemeinschaftsbad am Gang. Die Pension wurde von einem geradezu rabelaiisch fetten Mann geführt, der mit einem reich verzierten Besen herumstapfte und alle verfluchte.

Er brachte uns in seine privaten Räumlichkeiten, die, wie sich herausstellte, genauso aussahen wie die von allen anderen. Das bedeutete, dass wir, mein Sohn und ich, auf der einzigen Pritsche saßen und er gegenüber auf dem einzigen Stuhl, und ich schrieb, das, was er sagte, alles, was er sagte, so gut wie möglich mit.

Er sagte, ich war Soldat, klarerweise, und zwar ein guter. Ich begann als Rekrut, aber beendete den Dienst als Hauptmann.

Das passiert nicht allzu oft. Nur im Krieg, wie man so schön sagt. Diese Kerle fragen mich immer, wie viele Menschen ich getötet habe. Wie viele Menschen hast du getötet, wie viele Menschen hast du getötet, sagte er, und imitierte dabei die Stimmen seiner jungen Schützlinge. Ich sage dann immer – hundert, zweihundert, such es dir aus. Ein Maschinengewehrschütze zählt nicht mit. Warum?

Er lachte, es war ein lautes, röhrendes Lachen.

Weil er beschäftigt ist, er ist zu beschäftigt. Erst war ich Maschinengewehrschütze, dann befehligte ich eine ganze Menge Lkws und Panzer. Das habe ich auf die gleiche Weise organisiert wie das hier.

Er zeigte uns das Tattoo eines Löwen auf seinem Arm. Der Schwanz wickelte sich um den Bizeps und reichte beinahe bis zum Hals, wo er zu einem Feuerwehrschlauch wurde, den die Silhouetten von ein paar Feuerwehrmännern verwendeten, um ein Feuer zu löschen, das auf seinem Hals wütete. Da stand ein Haus, das Haus, in dem wir uns befanden, und es war auf seinem Hals und es wurde von einem Feuerwehrschlauch gelöscht, der eigentlich der Schwanz eines Löwen war. Das hat er uns gezeigt, als er uns sein Tattoo zeigte. Mein Sohn mochte es gar nicht. Er mag keine Tattoos. Aber ich fand es erstaunlich.

Wie kommt es, dass du hier wohnst?, fragte ich ihn.

Ich habe schon immer hier gewohnt. Das ist das Zuhause meiner Kindheit. Meine Eltern betrieben die Pension, so wie ich jetzt, nur dass wir damals im Keller lebten.

Er zeigte uns ein Bild seines Vaters und seiner Mutter, die im Grunde gleich aussahen. Sie sahen beide exakt so aus wie er.

Was kostet ein Zimmer?, fragte ich ihn.

Ich verlange ein Sechstel ihres Lohns – damit die Burschen sich das immer leisten können. Die Mahlzeiten sind da übrigens inbegriffen, also ist das echt fair. Das ist echt fair.

Weißt du, wie ich sie finde? Wie ich diesen Haufen da finde?

Ich sagte, ich wisse es nicht.

Er sagte, sie würden zu ihm kommen. Er habe noch nie nach einem einzigen Mieter suchen müssen. Immer kommen sie von selbst zu ihm, die ganze Zeit, die Zimmer sind voll.

Willst du eine Liste sehen? Er nahm eine Liste aus einer Schachtel am Tisch. Du wirst sie wohl nicht zählen können, nur vom Hinsehen, aber das sind mehr als hundert Namen. Das ist die Warteliste. Strengs Pension nur für Männer. Das ist kein gewinnbringendes Geschäft – das wirft nicht viel ab, aber ich finde, dass das auch eine Art von Gemeinschaft ist, und ich habe sie gerne um mich.

Leider ist jetzt keine Zeit mehr, um euch das zu zeigen, aber wenn ihr in die Cafeteria geht, würdet ihr mehr als sechzig Bilder an der Wand sehen, eines pro Jahr, bis zurück in die Zeit meiner Eltern, alle Gäste in einer Linie, der Eigentümer in der Mitte, das ist mein gutes Recht.

Er zeigte uns noch ein paar Dinge, bevor wir gingen, ein geschnitztes Horn, das er aus dem Ausland mitgebracht hatte, ein Regal mit seinen Medaillen.

Ich bringe euch nicht zur Tür, sagte er, ich muss hier weitermachen.

Als ich die Tür schloss, schaute ich noch einmal durch und sah, dass er auf dem Bett saß, dort, wo wir gesessen waren, und jetzt flickte er etwas, mit Nadel und Faden, vielleicht ein Hemd. Unsere Augen trafen sich und die Tür schloss sich.

Wir gingen gleich in die nächste Straße, dort stand ein kleines Häuschen zwischen zwei fünfstöckigen Wohnblöcken. Ich klopfte an die Tür. Eine Frau in einem strahlend blauen Hausmantel ließ uns ein. Ich höre nichts mehr, also müsst ihr alles, was ihr mich fragen wollt, aufschreiben, sagte sie. Ich schrieb auf ein Blatt Papier, ICH BIN EIN VOLKSZÄHLER UND BRINGE DEN ZENSUS. Oh, der Zensus, sagte sie. Den mag ich.

Ich wartete darauf, ob sie noch etwas sagen würde, aber sie ging in ein anderes Zimmer und kehrte mit mehr Papier und einem Tablett mit einer Kanne Kaffee und ein paar billigen Keksen zurück, die schon einige Jahre alt sein mussten. Bitte sehr, sagte sie. Ich bin bereit.

Sie sagte, dass sie schon ihr ganzes Leben hier verbracht habe. Früher habe sie im Nachbarhaus gewohnt, ihren Eltern hätten beide Häuser gehört, aber das eine sei vor sechzig Jahren abgerissen worden. Seit damals wohne sie in dem Haus, in dem wir gerade saßen. Sie sei Lehrerin gewesen – Geografie. Kannten wir uns denn mit Geografie aus? Ich sagte, dass ich da etwas unsicher sei. Sie meinte, das sei eine Schande und dass sich alle Menschen mit Geografie auskennen sollten, es sei gut investierte Zeit. Das seien Informationen, die mir, wie sie es ausdrückte, gut zu Diensten sein werden. Andere Dinge zu lernen ist oft sinnlos, weil sich diese Dinge so schnell ändern. Du kannst etwas darüber lernen, klar, aber schon nächste Woche kümmert es niemanden mehr. Die Informationen werden, wie sie es formulierte, auf ein triviales Maß reduziert. Bei der Geografie geht es aber um eine völlig andere Zeitspanne. Du lernst etwas und es wird die meiste, wenn nicht sogar die ganze Zeit deines Lebens stimmen.

Ihr Ehemann war Techniker gewesen – er hatte Fernseher, Öfen, Radios repariert, solche Sachen. Hinter dem Haus, ich werde euch da nicht hinbringen, auch wenn ich könnte, war seine Werkstatt und die ist immer noch vollgestopft mit seinen Sachen. Ich weiß, dass ich sie auch loswerden könnte, dann hätte ich das ganze Haus, um Dinge unterzubringen, aber ich habe sonst nichts, was ich dort unterbringen möchte, und außerdem würde es mir das Herz brechen, sein Werkzeug auf dem Gehsteig zu stapeln.

Sie fragte mich, warum ich in meinem Alter noch unterwegs sei. Du siehst nicht besonders gut aus. Es tut mir leid, das zu einem erwachsenen Mann sagen zu müssen, aber du siehst nicht gut aus. Das hätte dir längst schon jemand sagen sollen.

Ich sagte, dass die Leute mir das bereits gesagt hätten und dass ich das auch selbst wisse. Ich sei Arzt gewesen, bevor ich Volkszähler wurde.

Das überraschte sie und sie mochte es gar nicht. Offensichtlich hatte sie einen völlig anderen Verhaltenskodex, wenn es um Ärzte und solche Leute ging, und ich hatte mich als Volkszähler in ihr Haus gedrängt, obwohl ich doch in Wahrheit ein Arzt war et cetera.

Unglücklicherweise erholte sich die Situation nicht mehr von dieser Offenbarung und kurz darauf machten wir uns auf den Weg. Es gelang mir nicht, das Richtige aufzuschreiben, um es wiedergutzumachen – vielleicht hätte ich das Richtige sagen können, aber da sie ein Problem mit ihrem Gehör hatte und ich alles auf ein Blatt Papier schreiben musste, war das nicht möglich, nicht für mich. An der Tür tat ihr ihre

Feindseligkeit leid und sie drückte meinem Sohn ein paar Stoffservietten in die Hand, elfenbeinfarbene Stoffservietten mit Monogramm. Die wirst du auf der Reise brauchen, sagte sie und umarmte ihn.

O

Als meine Frau mit meinem Sohn schwanger war, sprachen wir viel über die mögliche Zukunft – Dinge, die wir tun würden, wie sich alles entwickeln würde. Sie dachte, dass sie wieder auftreten und herumreisen würde. Vielleicht würden wir ja auch alle drei gemeinsam reisen. Sie malte sich aus, dass ihr Sohn oder ihre Tochter vielleicht, wie sie auch, Schauspieler oder Schauspielerin werden würde. Sind Künstler nicht immer Teil einer Künstlerfamilie?, würde sie sagen. All diese Träumereien endeten abrupt am Tag der Geburt, als unser Sohn in Erscheinung trat. Ich will damit nicht sagen, dass wir unglücklich gewesen wären, denn das waren wir nicht, wir waren ganz und gar nicht unglücklich. Es war nur so, dass eine ungeheure Mauer sichtbar wurde, die uns und unser Leben auf eine Art einschränkte, die wir uns nie hätten vorstellen können. Meine Frau sagte zu mir – ich glaube, mein ganzes bisheriges Leben war nur Training für diesen Moment. Wenn das so war, dann war es ein Glücksfall, denn unser Sohn brauchte jemanden, der wusste, wie man mit ihm umging und wie man ihm helfen konnte. In unserem Leben haben wir viele andere Familien beobachtet, die nicht so erfolgreich darin waren, mit den speziellen Anforderungen dieser Situation umzugehen.

Es gab Kinder in der Gegend, die, als er älter wurde, mit ihm spielten, aber sie veränderten sich so schnell, wurden so schnell größer, wuchsen ihm in einem oder zwei Jahren über den Kopf, und er war wieder allein. So wurden wir zu seinen wichtigsten Begleitern und Spielkameraden. Meine Frau kehrte nicht auf die Bühne zurück, dafür war einfach keine Zeit, und in Wahrheit glaube ich, dass die Geburt unseres Sohnes dazu geführt hat, dass sie die Menschen generell weniger mochte, ich weiß, dass ich sie weniger mochte.

Weil sie sie weniger mochte, wollte sie auch nicht länger für sie auftreten. Wie kann es sein, fragten wir uns wieder und wieder, dass alle so grausam zu ihm sind? Wie kann es sein, dass es diese allumfassende Verschwörung gibt – bei der sich alle im Vorfeld einig sind, dass es absolut in Ordnung ist, diese harmlosen Menschen, die niemanden verletzen wollen, so schändlich zu behandeln?

Diese Situation wird in gewisser Weise durch die Traurigkeit dieser unvermeidlichen Begegnungen gefärbt. Die Ignoranz war damals schon beißend, sie ist noch immer beißend, und viele schaffen es noch nicht einmal bei einem normalen Zusammentreffen, nichts Niederträchtiges oder Schreckliches zu sagen, oder zu lachen und sich einfach wegzudrehen.

Aber es stimmt, es gibt auch eine andere Seite, die es einfacher macht, die Menschen zu finden, die es wert sind, weil sie sich nie von ihm belästigt gefühlt haben und das auch jetzt nicht tun, und sofort Freundschaft schließen. Solche Personen im Vorfeld richtig einzuschätzen ist schwierig – ich hätte sie nicht immer an ihrer Erscheinung erkannt, denn Menschen, die freundlich und sensibel sind, sind oft gezwungen, das zu verbergen oder zu verstecken.

So haben wir jedenfalls Freundschaften geschlossen – indem wir die Menschen abgestoßen haben, von denen wir annahmen, sie seien brutal, und uns mit jenen umgaben, von denen wir annahmen, sie seien freundlich und feinsinnig.

Für mich als Arzt war es schwierig, wenn einer meiner Patienten etwas Gedankenloses und Schreckliches sagte, und ich dann in der Lage war, sein weiteres Leben zu beeinflussen.

Wie oft wollte ich den Patienten mit einer kleinen Strafe zurücklassen, einem Stechen im Knie, einem kleinen Hinken, einer auffälligen Narbe. Aber ich habe das nie getan.

Wir kamen zu einem Haus mit offener Tür. Ist jemand da? Ein Mann saß ohne Hemd auf einem Stuhl in der Küche. Er war in meinem Alter. Er kam mit uns ins Gespräch, und als ihm klar wurde, was wir wollten, erzählte er uns alles Mögliche. Er sagte, er sei der Vertreter seiner Gewerkschaft, der Kesselmacher-Gewerkschaft, und dass er gerade, wie er sagte, streng geheime Lohnverhandlungen führe. Die Verhandlungen fanden ganz in der Nähe statt, und er war nur schnell hinausgegangen, um zu verschnaufen. Wenn wir fanden, dass es seltsam sei, dass er keinen Anzug trug, nun ja, das sei eben Teil der Situation. Er wollte nicht, dass jemand genau wusste, was vor sich ging.

Seine Frau kam ins Zimmer. Was macht ihr hier? Er erklärte ihr, warum wir hier waren. Wieder sprach sie uns an: Was macht ihr hier? Ich erklärte ihr, was er erklärt hatte: dass wir für den Zensus unterwegs waren, einfach Fragen stellten, die Antworten aufschrieben und so weiter. Sie nickte, offenbar überrascht, dass unsere Antwort mit seiner übereinstimmte.

Hier entlang, sagte sie.

Als er aufstand, um mitzugehen, sagte sie sehr streng:

Du nicht. Du bleibst hier. Du bleibst, wo du bist.

Wir gingen ins Zimmer nebenan, ein Wohnzimmer, in dem ein großer Fernseher einer schmutzigen Couch gegenüberstand. Es war voller Bücherregale, und auf den Regalen war die Art von Büchern, bei der nur Buchrücken zusammengeklebt sind, damit es so aussieht, als besäße diese Person alle Klassiker.

Ich weiß nicht, was er euch erzählt hat, aber er ist sehr krank. Mein Mann ist sehr krank. Er will seine Medikamente heute nicht nehmen und es wäre besser für alle, wenn ihr einfach gehen würdet. Ich kann nicht glauben, dass ihr überhaupt einfach so hereingekommen seid. Was seid ihr nur für Scheißhaufen. Ihr habt ihn aufgeregt und ich brauche jetzt sicher wieder eine Stunde, bis er wieder so ist wie vorher.

Ich stand auf. Mein Sohn hielt meine Hand.

Entschuldige bitte.

Das Gesicht der Frau war zornig. Ihr Körper fahrig.

Sie brachte uns zur Tür. Der Mann war hinter ihr und schrie herum. Er war aufgestanden und schrie herum. Seine Stimme war an manchen Stellen sehr dünn, als hätte er sie abgenutzt. Sie schob uns durch die Tür. Als wir die Stufen hinuntergingen, öffnete sich die Tür noch einmal und sie steckte den Kopf heraus.

Kommt nicht wieder zurück!

P

In P hatte es viel geschneit, die Fabriken sahen schön aus, in ihren weißen Mänteln. Ich hielt an einem kleinen Park an und mein Sohn ging hinaus in den Schnee und abenteuerte dort herum. Währenddessen drehte ich die Heizung auf und las etwas von Mutter. Ich mag es, ihre Bücher laut zu lesen, also saß ich da und las laut aus *Mit ausgebreiteten Flügeln*, ihrer Monografie über das Verhalten der Kormorane.

Es gibt eine rätselhafte Form des Verhaltens, die mir erstmals beim lumpengesichtigen Kormoran aufgefallen ist. Und zwar: der Hang dazu, auf trockenem Boden mit ausgebreiteten Flügeln zu stehen. Auch wenn mir dieses Tableau lieb und teuer ist, ist es doch schwer zu sagen, warum sich der Vogel auf diese Art vergnügt. Ich habe gehört, dass der Vogel eine Art von Gruß ausführt, eine Art Balzverhalten, dass der Sinn der Sache ist, weibliche Vögel anzulocken. Aber Weibchen und Männchen nehmen beide diese Haltung ein und wurden außerdem auch dabei beobachtet, als sie allein waren. Außerdem liegt der Fall so, dass Kormorane, die gerade Junge haben, die in der Regel einmal im Jahr zur Welt kommen, diese Geste ebenfalls ausführen. Nichts liebe ich mehr, als die kleinen Kormorane zu sehen, wie sie ihre majestätischen Eltern betrachten, die so weit über ihnen stehen, mit ausgebreiteten Flügeln.

Wäre der Kormoran ein bedrohtes Beutetier, dann könnte man dieses Verhalten als farbenfrohes Schild betrachten, aber eigentlich ist der Kormoran am Land, in der Luft und im Wasser relativ sicher. Auch wenn Möwen und andere Tiere die Kormoraneier und Küken fressen, kann ein ausgewachsener Kormoran seiner täglichen Arbeit ohne Furcht nachgehen.

Ich glaube, der Kormoran ist eine Art Waschfrau, und diese Geste dient nur dazu, die Flügel zu trocknen. Der Vogel mag, wie wir alle, trockene Kleidung, also steht er da und lässt den Wind die Arbeit tun. Es gibt Leute, die anders darüber denken, und ich hindere sie nicht daran.

Die Tür öffnete sich und mein Sohn kam zurück ins Auto, von Schnee bedeckt. Ich wickelte ihn in eine Pferdedecke und wir fuhren weiter durch die winterliche Landschaft in Richtung des riesigen elektrischen Schildes eines Restaurants, das einige Blocks entfernt war.

Der Ort war nach einer Stadt in Spanien benannt, sagte die Kellnerin, in Spanien oder Portugal, eines von den beiden. Ich entschuldigte mich dafür, dass wir Schnee ins Restaurant geschleppt hatten, und ihre Antwort war: Ich muss das nicht sauber machen. Er macht das weg, also kümmert es mich nicht.

Sie zeigte auf einen Mann, der weiter hinten im Restaurant stand und einen Mopp locker in der einen Hand hielt, während er mit der anderen in einer Zeitschrift blätterte.

Was wollt ihr?

Sie servierte uns eine üppige Mahlzeit. Wir hatten wohl beinahe alles bestellt, was auf der Karte stand, auch eine Sorte gewürzten Wein, den ich zufrieden trank.

Als sie zurückkam, fragte sie, warum wir hier seien. Niemand kommt freiwillig nach P, sagte sie. Es muss wegen der Arbeit sein. Es ist wegen der Arbeit, sagte ich. Ich bin Volkszähler. Ich wusste das, ich wusste es einfach, sagte sie und klatschte dabei in die Hände.

Wie hast du das herausgefunden?

Na ja, ich habe es sofort gesehen.

Aus einer Ecke meiner Tasche schaute der Tätowier-Apparat heraus.

Tätowierer schleppen nicht immer ihr ganzes Zeug mit. Zumindest nicht normalerweise. Außerdem sieht man auch selten Tätowierer über fünfzig. Ich habe einfach zwei und zwei zusammengezählt: Wer tätowiert denn sonst noch Leute?

Sie kam näher und knöpfte ihr Kleid auf:

Ich habe noch keine Markierung von diesem Durchgang, aber ich bin bereit, ich liebe es, ich liebe es einfach, tätowiert zu werden. Sie zeigte mir einige ihrer Tätowierungen. Hast du so jemanden schon einmal getroffen?

Ich sagte, gut, lass mich noch fertig essen und dann erledigen wir das ganze Theater.

Sie sagte, dass sei okay, aber dann kam sie immer wieder zurück. Ich sollte anmerken, dass das Restaurant leer war. Die Köche hörten hinten Radio beim Kartenspielen.

Jetzt ist es fünf. Fünf Uhr. Die Arbeiter kommen nicht vor sieben, sagte sie, wenn die Chemiefabrik schließt. Das wird ein Aufmarsch.

Sie sagte, dass sie in ihrer Jugend eine Schauspielerin gewesen sei. Als ich jung war, war ich Schauspielerin, erzählte sie mir, auch wenn sie höchstens fünfundzwanzig sein konnte, so wie sie da vor mir stand. Ich hatte ein paar Rollen, ein paar große Rollen. Dann bekam ich Ärger. Ich spiele gern. Spielst du gern?

Ich sagte, ich spielte schon gerne, aber tue es beinahe nie.

Gut so, sagte sie. Du musst den Arm abschneiden, sobald du weißt, dass er vergiftet ist.

Ich bekam Ärger, ich hatte zu viele Schulden – musste dort weg. Also kam ich vor ein paar Jahren hierher und rate mal, wo ich bin? Ich bin noch immer hier.

Ich sagte, sie könne woanders hingehen, wenn sie wolle.

Sie sagte, ich wette du willst wissen, was es war – worauf ich gewettet habe, oder? Es waren Pferderennen. Ich habe ein Pferd von meinen Eltern geerbt, beide tot, ich habe es verpfändet und den ganzen Betrag gesetzt. Jemand hatte mir einen Tipp gegeben. Ich sagte, dass müsse ein guter Tipp gewesen sein.

Sie sagte, sie sei mathematisch veranlagt, sei immer schon mathematisch veranlagt gewesen, schon als Kind, und sie hatte es sich ausgerechnet – sie musste nur diese eine Wette gewinnen, auf ein Pferd, das, muss man wissen, eigentlich der Favorit hätte sein sollen, es aber nicht war, und dann würde sie nie wieder etwas tun müssen, gar nichts mehr, ihr ganzes Leben lang. Jetzt musste sie ständig Dinge tun, die sie nicht tun wollte. Aber bereute sie es? Nein, sie bereute es nicht. Sie hatte einmal ein Buch gelesen, eine ihrer Tanten hatte es ihr gegeben, da stand, bereue nichts, niemals. Also tat sie das auch nicht. Sie nahm das wörtlich, erklärte sie – sie hatte das als Mädchen so verstanden, so verstanden, dass man keine Reue zulassen sollte, anstatt so, geh und mach, was du machen willst, damit du nicht bereust, es nicht getan zu haben. Sie hatte das anders verstanden und für sie war die andere Art, es zu verstehen, auch der richtige Weg. Insgesamt gesehen ist das doch das bessere Prinzip. Jedes Mal, wenn du das Gefühl hast, du könntest gleich etwas bereuen, denk an etwas anderes. Es gibt ja genug Dinge, an die man denken kann, oder etwa nicht?

Ich trinke nicht, sagte sie. Ich trinke nicht und ich rauche nicht. Ich halte mich fit, ich habe jedes Buch der Bibliothek neben dem Wohnblock gelesen, in dem ich lebe, zwei Straßen von hier, manche auch zweimal. Ich schlafe fünf Stunden pro Nacht, mehr brauche ich nicht, und den Rest der Zeit schmiede ich Pläne, die ich aber noch nicht umgesetzt habe. Ich habe nichts mit diesen Verlierern zu tun, die in das Restaurant kommen. Ich warte nur darauf, dass etwas passiert – wenn das Pferd die eine Seite der Münze war, dann weiß ich, dass es auch eine andere Seite gibt, und ich weiß, die kommt noch.

Sie brachte uns Obsttorte zum Nachtisch, aufs Haus. Ich esse so etwas nicht, sagte sie, aber ich schaue gerne zu, wenn andere Leute so etwas essen. Obsttorte macht glücklich. Warum ist das so? Weißt du überhaupt, wie man sie macht? Weißt du, woraus sie gemacht ist?

Die Sitze des Restaurants waren dick gepolstert, und als ich aufstehen wollte, fiel ich beinahe hin.

Alles in Ordnung, sagte ich. Es geht mir gut.

Du bist in den letzten Zügen, sagte die Kellnerin lachend. Ich bringe dich zum Auto.

Q

Wir fuhren an den riesigen Fabriken von P vorbei und jenseits davon lagen wintergefrorene Sümpfe. Die Straße verlief geradeaus durch die Sümpfe und bald war da nichts mehr, keine Gebäude, keine Lichter, nur Leitpfosten auf beiden Seiten der Straße, die glücklicherweise schneefrei gehalten wurde.

Nach einer Stunde auf der geraden Straße verließen wir den Sumpf und kamen zu einer Kreuzung mit einer Tankstelle und einem Motor Inn, und noch mehr Fabriken, die sich aus der Nebelwand erhoben. Ich fragte meinen Sohn, ob wir anhalten sollten. Ich musste ihn aufwecken, um ihn zu fragen.

Willst du anhalten?, fragte ich.

Er setzte sich auf und schaute aus dem Fenster auf das Motor Inn. Dann schüttelte er den Kopf und kuschelte sich wieder in die Decke.

Na gut, in Ordnung. Ich tankte das Auto an der Tankstelle auf, sprach mit dem Tankwart, der ein von sich aus zorniger Mann war, und wir fuhren weiter.

An einer der Schulen, die mein Sohn besuchte, gab es einen Lehrer, einen wirklich wundervollen Menschen namens Pearson. Er hatte schon viele Jahre mit Kindern gearbeitet und er hatte eine sehr beruhigende Ausstrahlung. Kinder, die sonst mit niemandem ein Wort wechselten, sprachen mit ihm. Wir wussten nicht warum, aber er hatte eine wirklich erstaunliche Erfolgsbilanz vorzuweisen. Das Problem war nur, dass unser Sohn nicht wollte, dass wir ihn an dieser Schule allein ließen. Er wollte das einfach nicht. Als einer der Lehrer vorschlug, es mit Mr. Pearson zu versuchen, willigten wir ein, obwohl er ein Lehrer für höhere Schulstufen war. Ich glaube aber, dass er auch alternative Klassen unterrichtete. Er war ein großer, streng aussehender Mann mit einer Hakennase. Offenbar trug er immer eine Weste.

Wir betraten den Raum, wurden vorgestellt und stellten Mr. Pearson unserem Sohn vor. Sie standen da und schauten einander an, und Pearson sagte, weißt du, manchmal zeichne oder sage ich etwas, bevor ich es tue. Ich fühle mich dann gut, und es hilft mir, darüber nachzudenken, wie es wohl laufen könnte und was ich daran mag oder nicht mag. Willst du es versuchen? Sie gingen zu einem kleinen Tisch, der dastand, und Pearson schrieb auf ein großes Blatt Buntpapier, wir werden Freunde und heute gehen wir durch die Schule und schauen, was es hier so gibt. Ich werde immer nachfragen, ob du bereit bist, bevor wir etwas tun, und wenn nicht, tun wir es nicht. Wenn du nicht bereit bist, dann bleiben wir einfach bei dem, was wir gerade tun, oder machen etwas, das wir schon getan haben. Wenn der Tag vorbei ist, gehst du nach Hause und kannst deinen Eltern viel erzählen.

Dann erklärte Pearson, was er da geschrieben hatte und wiederholte es mehrmals. Mein Sohn nickte, als hätte er es schon beim ersten Mal verstanden. Er nahm den Bleistift und zeichnete viele Linien, ich habe dir ja schon erzählt, dass er das gerne tut. Dann sagte er Pearson, was er da geschrieben hatte, auch wenn ich nicht hören konnte, was er sagte, und das war es dann auch schon. Die beiden gingen aus dem Zimmer und den Gang hinunter, und ich und meine Frau mussten selbst den Weg hinausfinden.

Meine entscheidenden Erinnerungen, die, die ich immer wieder hervorhole, und manche habe ich so oft hervorgeholt, dass ich, wenn ich mich an sie erinnere, den Raum dieses Vergnügens – den Raum meiner Freude an diese wichtigen Erinnerungen – ganz einnehme, jeden einzelnen Moment, an dem ich mich daran erinnert habe. Dann bin ich viele Versionen meiner selbst und wir sehnen uns alle zusammen nach einem Detail, einer kleinen Sache, die mir vor Jahren, vielleicht nur im Vorbeigehen, aufgefallen ist, ein Gedanke, der immer und immer wieder zu mir zurückgekehrt ist, manchmal wird er stärker, dann wieder schwächer.

Eine davon:

Ich kam oft spät in der Nacht von einer Operation nach Hause und durch das Fenster konnte ich meine Frau und meinen Sohn am Küchentisch sehen. Das Haus war in einer Art L-Form gebaut, mit einer Scheune auf der anderen Seite und einem hohen Zaun, der einen leeren Hof begrenzte, in dem normalerweise das Auto stand. Ich ging allerdings zu Fuß nach Hause, also kam ich am Innenhof vorbei, dort, wo auch das Küchenfenster war, durch das ich sie sehen konnte.

Die Küche war ihr bevorzugter Ort. Ich glaube, das ist bei vielen von uns so, oder?

Und was taten sie da am Küchentisch? Mein Sohn zeichnete oft. Meine Frau arbeitete an einem Buch, das sie zum Zeitpunkt ihres Todes beinahe beendet hatte. Es hieß *Ein Narr ist ein Spiegel* und war eine Art Kurs, den man absolvieren konnte – ein Clownkurs (auch wenn ich ja schon erwähnt habe, dass ihre Art der Clownerie sich ziemlich von dem unterschied, was ansonsten darunter verstanden wird).

So hat es die Zeitung vor einigen Jahren ausgedrückt, *Wenn sie ein Clown ist, dann ist sie ein sehr seltsamer Clown. Sie ist eine dieser Künstlerinnen, die uns das Gefühl geben, das ist gar kein Auftritt, sondern nur das Leben, das wir zufälligerweise beobachten.*

Ich stand minutenlang unter dem Fenster und beobachtete die beiden. Er zeigte ihr, was er gemalt hatte, oder sie zeigte ihm ein Diagramm aus ihrem Buch, oder sie las ihm einen Teil laut vor und er hörte zu. Es gibt eine Denktradition, die besagt, dass man Menschen nur das vermitteln soll, was sie offensichtlich verstehen können. Das taten wir nie bei ihm, wir redeten immer mit ihm, als wäre er wie alle anderen. Ich glaube, das hat ihm den Umgang mit normalen Menschen draußen in der Welt ermöglicht. Außerdem macht es auch folgenden Punkt klar – ich wusste nie, welcher Teil dessen, was ich sagte, auch wirklich ankam. Manchmal glaube ich, wir drei hätten uns auch verstanden, ohne zu sprechen.

Manchmal war er frustriert, sehr frustriert, weil wir ihm Ziele gesetzt hatten, und es konnte passieren, dass wir, die wir nicht wussten, was möglich war und was nicht, ihm dabei geholfen haben, ein Ziel anzupeilen, das zu anspruchsvoll war. Für ihn war das wahnsinnig deprimierend. Andererseits verlor er das Interesse, wenn die Ziele zu niedrig gesteckt waren, oder, was noch schlimmer war, er mühte sich mit diesen Zielen ab, weil er erwartet hatte, dass diese einfache Sache so schwierig war wie eine schwierige Sache, die wir ihm kürzlich gezeigt hatten. Es brauchte einen Mittelweg, mit der Zeit lernten wir auch das. Meistens war es eine Frage der Stimmung – es brauchte eine freudige und dankbare Stimmung, und wir versuchten, in unserer Haltung und unserer Sprache, die Welt nicht in Hierarchien einzuteilen.

Ich erinnere mich an den Tag, an dem er einen bestimmten Schwertstreich lernte. Er hatte ein Holzschwert und er liebte es, das Schwert bei einem Baum in der Nähe der Scheune zu schwingen. Er ging am frühen Nachmittag dort hinaus und dann wurde es Abend und er spielte immer noch, focht unsichtbare Duelle aus. In diesem Fall wollte er ein Manöver ausführen, bei dem er sich im Kreis drehte und mit einem horizontalen Hieb endete. Vielleicht hast du das schon das eine oder andere Mal gesehen. Wie dem auch sei, die Drehung fiel ihm sehr schwer. Seine Füße landeten an der falschen Stelle und er wurde sogar zornig. Also übte meine Frau mit ihm und übte mit ihm die Drehung, sehr langsam, wieder und wieder, bis er es schließlich eines Tages schaffte. Natürlich war es auch dann nicht unbedingt der gedrehte Hieb, den ein Schwertkämpfer ausführen würde. Er brauchte immer noch ziemlich lang, um sich zu drehen – aber es war gut genug. Ich hörte ihn rufen, von ganz unten am Fuß der Stiegen, und dann auf den Stiegen und dann im Gang vor meinem Arbeitszimmer. Ich glaube, ein Teil von mir ist immer noch dort, hinter dieser Tür, voller Freude, und hört zu, wie er näherkommt.

R

Ich denke oft an die Erfahrungen, die mein Sohn macht, und vergleiche sie mit meinen eigenen – mit dem Leben, von dem ich das Glück hatte, es leben zu dürfen.

Ich kannte einen Mann – er trug einen gelben Anzug und das war ein ziemlich seltener Anzug. Um so einen Anzug zu tragen, muss man sich vieler Dinge sehr sicher sein. Er besuchte ein rund um die Uhr geöffnetes Schachcafé, in das ich gewohnheitsmäßig während meines Medizinstudiums ging. Ich weiß nicht mehr, was sein Beruf war – vielleicht hat er es nie erwähnt –, aber er wusste sehr viel über Vogelkunde, und er war es auch, der mir Mutter näherbrachte. Wir spielten turbulente Partien – er kannte jede Eröffnung, die nach einem Tier benannt war. Seine liebste war wohl der Orang-Utan, eine sehr vielseitig einsetzbare Eröffnung im Kaffeehaus-Schach, weil sie den zweiten Spieler verwirrt und eingeschüchtert zurücklässt, sofern es irgendwie möglich ist, das Gegenüber einzuschüchtern. Aber er liebte es, das Nilpferd, den Drachen, den Eisbären zu spielen. Einmal startete er mit C4, und ich trieb die Partie in den Igel, einen meiner absoluten Favoriten: Er begrüßte meinen Zug mit Applaus und fuhr damit fort, mir die Stacheln zu ziehen. Wir verbrachten viel Zeit miteinander, vielleicht sind die Stunden zwischen ein Uhr und vier Uhr nachts besonders lange, ganz besonders für alte Junggesellen wie ihn. Jedenfalls pflegte er zu sagen: Lies alles, was du kannst, denn beinahe nichts wurde schon überall angewendet. Was soll das heißen? Ich verstand es so – Erkenntnisse werden oft an einem bestimmten Ort gemacht und an diesem Ort angewendet, aber eine Person mit vielen Interessen findet die Spiegelung der einen Sache in einer anderen und voilà – da ist es –, plötzlich scheint die Erkenntnis eines bestimmten Fachgebiets perfekt zu einem anderen

Fachgebiet zu passen. Oder man muss ein paar Anpassungen vornehmen, aber trotzdem …

Ich spreche das an, weil ich dieses Gefühl der Welt mitten in der Nacht vorher noch nie erlebt hatte und auch seitdem nicht mehr wiedergefunden habe. Das ist etwas, das auf einen kleinen elliptischen Raum meines Herzens beschränkt ist und jenseits davon ist nichts, keine Brücke zum Rest. Wenn es doch eine Brücke gibt, dann ist es einfach meine geteilte Liebe zum Kormoran, oder genauer, zu Mutters Kormoranen, zu dem, was sie für die Kormorane gefühlt hat.

Es macht mich traurig, dass sich mein Sohn nie aufmachen konnte, um so eine Welt zu finden, einen Ort, an dem kleine Gesten der Höflichkeit mit geringer, aber sicherer Ernsthaftigkeit aufgenommen werden. Die Freundlichkeiten, aber gleichzeitig auch die absolut unverzeihlichen Verfehlungen, die alte Männer beim Schach begehen: zu viele, um sie alle zu nennen, viel zu viele! Sie sind alle trivial, jede Einzelne, aber zusammen bildeten sie einen ganzen Kosmos, einen, den ich verehrte. Ich kann mich nicht einmal an meinen letzten Besuch in diesem Café erinnern. Bald war ich sehr beschäftigt und hatte wenig Zeit für solche Dinge. Ich lernte eine Reihe Frauen kennen, die mich in der Nacht nicht herumstreichen ließen, schließlich meine Frau, eine Frau, die mich sicherlich in der Nacht herumstreichen hätte lassen, aber in deren Gesellschaft ich absolut zufrieden war, und so hat sie, ebenso wie die anderen, dazu beigetragen, dass mein nächtliches Schachspiel ein Ende fand.

Wenn die Partie wirklich heftig wurde, wenn es knapp war, wenn er vielleicht besiegt werden würde, gab es etwas, was dieser Mann im gelben Anzug zu mir sagte.

Er machte eine Pause und sah das Brett an, dann schaute er mit einem sehr ernsten Blick zu mir auf. Er wartete, bis ich seinen Blick erwiderte, und dann sagte er, immer auf die gleiche Art:

In meiner Stadt gibt es eine Tradition – am Tisch muss ein Platz für den Vater der Braut reserviert sein. Bist du der Brautvater?

Ich sagte, ich sei nicht der Brautvater.

Dann, würde er sagen, bist du die Braut?

Ich sagte, ich sei nicht die Braut.

Was machst du dann an diesem Tisch?

Zu diesem Zeitpunkt hatte er einen Ausweg gefunden und er knallte triumphierend eine seiner Spielfiguren aufs Spielbrett und schaute mich mit einem kleinen Lächeln an.

Was machst du dann an diesem Tisch?

Meine Frau hatte ein Stück, das sie einmal aufführte – ein Stück, für das nur zwei Dutzend Tickets verkauft wurden. Diese zwei Dutzend Menschen kamen ins Theater und saßen auf ihren Plätzen. Die Vorstellung sollte eine Stunde dauern. Sie hieß: ANWESENHEIT.

Sie saß vorne auf der Bühne auf einem Sessel, einfach gekleidet, eine Trompete neben sich auf dem Boden, und tat oder sagte nicht besonders viel. Sie schaute das Publikum nur aufmerksam an. Die Lichter waren an, also konnte sie das Publikum ebenso gut sehen wie umgekehrt, und wenn jemand sie ansprechen wollte, wurden sie von den Platzanweisern zum Schweigen gebracht. Irgendwann gingen die Leute, allein oder zu zweit, bis das Theater leer war.

Dann, innerhalb des nächsten Monats, tauchte sie in allen ihren Häusern auf, blies in ein ungeheuer lautes Horn und jagte vielen mitten in der Nacht damit einen Schrecken ein.

Sie übergab ihnen einen Brief, in dem stand, *Es ist dein Leben, deine Anwesenheit ist erforderlich. Du weißt nie, wo etwas passieren wird.*

Manche Leute sagten damals, sie hätte Glück gehabt, dass niemand auf sie geschossen hatte. Die Wahrheit war aber eine andere.

Ich denke vielmehr, dass wenn man auf sie geschossen hätte, wenn sie bei dieser kunstvollen Posse getötet worden wäre – ich glaube, sie hätte es als abgeschlossen betrachtet, als eine der Möglichkeiten, wie die Sache enden konnte.

In meiner Praxis, die sich einem kleinen, modernen Gebäude befand – wirklich modern, nicht die Farce, die heute als modern gilt –, warteten die Patienten und Patientinnen bei einem großen Glasfenster, mit Ausblick auf einen Morgen Fichten. Die Sekretärinnen saßen gegenüber und durch eine Tür kam man zu einem Raum, in dem ich und mein Partner die Patienten und Patientinnen empfingen, die meistens von anderen Ärzten zu uns geschickt worden waren.

Das Gebäude war aus poliertem Beton, mit langen vertikalen Schlitzen, um Licht hereinzulassen. Wenn es regnete, bemerkte man das Fallen des Regens an ungewöhnlichen Orten, weil die Fenster des Gebäudes und die Dachfenster an ungewöhnlichen Orten platziert waren. In Abwechslung dazu gab es zu Mittag, wenn der Himmel wolkenlos war, andere Effekte: Die Waschräume, die die Ärzte und Sekretärinnen benutzten, hatten ein Dachfenster in Form eines Meißels, durch das in der Tagesmitte ein Lichtstrahl fiel, ein Lichtstrahl, der mich an Bilder, Fotografien von Licht, erinnerte, wie es in die Zellen des Panoptikon fiel. Das Licht sollte, soweit ich mich daran erinnern kann, zur Besserung beitragen. Ich fand das sehr lustig und wies die Sekretärinnen darauf hin, all die verschiedenen Sekretärinnen im Laufe der Jahre. Manche fanden es witzig, andere nicht.

Manchmal geschah es, dass ich, wenn ich in die Praxis ging, meinen Sohn mitnahm, und er kam immer sehr gut mit den Sekretärinnen und den Schwestern aus, besonders, als er noch ein Kind war. Sie vernachlässigten ihre Pflichten, um mit ihm zu spielen, und natürlich ließ ich es zu. Ich erinnere mich daran, wie ich in einem der schmalen Gänge stehe und durch einen Schlitz von nicht mehr als sechs Inches schaue, und draußen, wo die Fichten dicht zusammenstehen, sehe ich eine der Schwestern in einer frischen Uniform, der Stoff geformt wie ein Federkleid, auf den Kiefernadeln knien, ihr kindliches Gesicht ist rot und sie strahlt freudig, weil mein Sohn vor ihr auf und ab hüpft, auch sein Gesicht ist gerötet und strahlt vor Freude, und dieses körperliche Gefühl der vielen Jahre, die wir gemeinsam verbringen würden, und all der Menschen, die er treffen würde, die er sein würde.

Meine Frau und ich sprachen immer davon, zusammen eine Reise zu unternehmen, um unserem Sohn das Land zu zeigen, aber es kam nie dazu. Aus dem einen oder anderen Grund kam es nie dazu, also dachte ich, als meine Frau starb, als ich die Idee mit dem Zensus hatte, dass es endlich an der Zeit war, den Stafford hervorzuholen und die Straßen nach Norden zu nehmen. In ihrem Tod fühlte ich den sicheren Beginn meines eigenen Endes – ich wusste, ich konnte nicht mehr allzu lange durchhalten und also, da das Leben in der Vielfalt begründet ist, also mussten wir, mein Sohn und ich selbst, wir mussten unser Leben durch all das verlängern, was uns unter die Augen kam.

Vergiss die Gefahren, vergiss die Sorgen oder die Mühen der Straße. Ich war sicher, alle Probleme würden sich von selbst lösen.

Ich hielt mit dem Auto bei einem Wegweiser nach S. Ich hatte beschlossen, meinem Sohn zu erklären, was passierte.

Ich sagte, ich hätte Symptome, die auf ernste Herzprobleme hinweisen würden. Konnte er sich daran erinnern, was das Herz machte?

Wir redeten darüber, was das Herz tut. Ich sagte, ich bräuchte meins, wenn ich weiterleben wollte, aber es sehe so aus, als würde es nicht mehr funktionieren.

Ich erklärte, dass wir sehr weit von zu Hause weg waren, auch von allen, die wir kannten, aber dass es in Z einen Zug gab, den er zurück zu dem Ort nehmen konnte, wo wir lebten, und ich konnte schon vorab Bescheid geben und da würde jemand auf ihn warten.

Er sagte, das klinge gut, es würde ihm gefallen, nicht mehr mit dem Auto zu fahren. Wir könnten beide mit dem Zug fahren. Das würde ihm nichts ausmachen.

Ich sagte, die Sache sei die, ich würde nicht mit ihm in den Zug steigen, nur er. Er wäre allein im Zug.

Aber wo wäre denn ich?

Ich sagte, ich würde gar nicht mehr sein – für mich wäre das das Ende. Ich erinnerte ihn daran, dass wir schon über den Tod gesprochen hatten, wie natürlich er sei, nichts, vor dem man sich fürchten musste.

Er fand das in Ordnung, aber es wäre ihm lieber, wenn wir

gemeinsam mit dem Zug fahren würden. Darauf könnte er sich freuen.

Ich sagte, der Plan habe sich geändert und wir würden jetzt direkt nach Z durchfahren.

Ihm gefiel die Idee. Er fragte, ob wir an weiteren Häusern Halt machen mussten. Ich sagte, wir würden nirgends mehr stehen bleiben. Damit seien wir fertig.

Ich ging nach hinten zum Auto und packte seine Sachen zusammen, damit sie in eine einzelne Tasche passten. Als er das sah, packte er meine Sache in eine andere Tasche. Ich sagte ihm, das habe keinen Zweck, ich könne nicht mit dem Zug mitfahren.

Ich machte damit weiter, seine Dinge in seinen Rucksack zu packen, und er versuchte mich aufzuhalten, er packte meinen Arm, und als ich das nicht zuließ, begann er zu weinen. Ich sagte ihm, er solle sich vorne hinsetzen und warten. Stattdessen setzte er sich auf den Boden, gleich hier, mit dem Rücken zu mir.

Als wir nach S kamen, hielt ich beim Postamt und gab einen Brief auf und wir fuhren weiter, und am Weg durch S und T sprach er kein Wort mit mir.

In U hatte ich wieder einen Anfall und ich lag flach am Boden, bis jemand kam, der mir half, und wir steckten über Nacht fest. Ich holte mir ein paar Pillen in der Apotheke und alles war in Ordnung, oder eben so gut, wie es sein konnte.

Als die Sonne aufging und wir losfuhren, sah ich, dass die Fabriken zu Ende waren, die lange Reihe der Fabriken war zu Ende gegangen, wir hatten das Ende des industriellen Korridors erreicht, ab jetzt würden wir vielleicht durch Wälder fahren.

Ich fühlte mich ausgelassen, war guter Dinge.

Ich begann einen Baum zu besingen, und mein Sohn machte mit, wir sangen dieses Lied und andere Lieder, und die Straße raste unter uns dahin. Ab und zu machten wir eine Pause, um etwas zu trinken oder etwas zu essen, aber wir fuhren weiter und weiter, und auch wenn ich mich schwach fühlte, verfügte ich über eine unerschütterliche Kraft, diese letzte Kraft, von der die Leute manchmal sprechen. Sie ist enorm – eine grenzenlose, furiose Energie, wie ein Zittern. Als ich fuhr, hatte ich das Gefühl, dass mich nichts aufhalten konnte.

Ich fragte mich wieder und wieder, was mit meinem Sohn geschehen würde, wenn er alt sein würde, falls er alt werden würde. Ich fragte mich, ob er einen verfilzten Bart tragen und in einem Pyjama herumlaufen würde. Ich fragte mich, ob das über die Jahre angesammelte Wissen irgendwann intensiver werden würde, oder ob die disparaten Dinge nur noch disparater werden würden. Ich dachte an Zimmer, stille, dunkle Zimmer, in denen er sitzt, mal dem Fenster zugewandt, dann wieder abgewandt, ein Fenster, durch das kein Licht fällt. Ich dachte daran, wie er mit müden Augen und einem schmutzigen Gesicht über den abgeschabten Beton eines Einkaufszentrums ging, während ihm die Plastiktüten um die Knie wehten. Ich dachte an den Ort, an dem er sterben würde, vielleicht eine Matratze, vielleicht ein Stiegenhaus. Ich dachte daran, was er in diesem Moment fühlen würde, und wem gegenüber. In meiner Vorstellung ruft er nach meiner Frau, laut oder auch nicht laut, mit gekrümmtem Oberkörper oder auch nicht, weinend, mit verwundetem Gesicht oder mit leerem Blick, ein Geist, der auf etwas drängt, wo doch einfach nur mehr nichts ist.

Außerhalb von V erwachte ich in der Nacht, weil mein Sohn schrie. Er drosch gegen die Seite des Autos und schrie. Ich fragte ihn, was los sei, und er sagte, in seinem Traum sei er draußen vor dem Badezimmer im oberen Stock unseres Hauses gewesen. Er sei auf dem Teppich gestanden und hätte gegen die Tür gehämmert. Meine Frau sei drinnen gewesen und er wollte sie sehen. Sie war schon zu lange da drinnen und sie kam nicht heraus. Er musste sie einfach sehen.

Ich fragte ihn, wann er sie zuletzt gesehen hatte. Wann war das?

Er sagte, er wisse es nicht.

Er setzte an, einen Zeitpunkt zu nennen, aber hörte mittendrin auf und machte sich an der Fensterkurbel zu schaffen. Er drückte sein Gesicht an die Tür und schloss die Augen.

S,
T,

U, V,

W,
X,

Y,

&

Z

Wir fuhren den ganzen Tag einen langen Hang hinunter, durch wechselnde Vegetation. Fichtenwald setzte sich in den kahlen Ästen der Laubwälder fest, durchsetzt mit Büschen, einige mit glänzenden Blättern, mit den roten Beeren der Stechpalme. Links, durch die Bäume hindurch, erhoben sich vielfältige Zeichen aus Stein – ein verlassener Friedhof. Der Weg war zerfurcht und der Wagen wurde furchtbar durchgerüttelt. Mein Sohn hielt meine Hand.

Wir kamen auf eine Ebene und die Straße verzweigte sich in eine trostlose kleine Stadt – ein Fliegendreck. Es gab drei Gebäude, und eines davon, eines davon war der Bahnhof.

Das war also Z. Wie gesagt, gab es hier einen Zug, einen, der so weit nach Westen fährt, so weit, wie man möchte, bis er zur Kreisbahn gelangt – der Rundstrecke, die zurück ins Zentrum führt. Der Mann am Bahnhof, der uns das Ticket für meinen Sohn verkauft hatte, sagte, drei Uhr. Einmal am Tag kommt der Zug. An geraden Tagen fährt er nach Westen, an ungeraden nach Osten. Ihr habt Glück. Heute geht es nach Westen.

Heute fährt der Zug nach Westen, sagte ich zu meinem Sohn. Ich gab ihm seine Fahrkarte und er hielt sie in seiner Hand. Beim Auto packten wir die letzten Dinge in seinen Rucksack. Den hielt er auch, sein Mantel war bis unter das Kinn zugeknöpft und seine Kappe ins Gesicht gezogen. Seine Augen tasteten hilflos mein Gesicht ab. Lebendige Dinge sind der Welt so entrückt. Unsere Herzen machen einen Satz und unsere Körper warten hilflos im All.

Ich dachte bei mir, dass ich ihm keine Hilfe sein kann. Früher dachte ich einmal, ich hätte geträumt, dass wir alle zusammen auf ein Floß steigen. Meine Frau, mein Sohn, ich. Aber dieses Ich geht nun voran. Mein Sohn muss zu jemand anderem gehen, zu einem guten Anfang, einem Ort, an dem ein Mensch bleiben kann. Gibt es einen solchen Ort?

Da dachte ich, es ist möglich, das Gute *ist* möglich. Es muss so sein.

Der Zug ist abgefahren. Es muss fünf oder sechs sein, denn der Himmel verdunkelt sich. Der Zug ist fort und damit auch mein Sohn.

Ich bin müde und es ist einfach, sich hinzusetzen, also tue ich das auch. Neben mir ist eine Grube.

Mein Sohn ist fort. Der Zug ist fort und damit auch mein Sohn.

Bis zu meinem Tod kann es sich nur mehr um ein paar Minuten handeln. Ich fühle, wie sich meine Augen verändern, etwas, das ich nicht beschreiben kann, etwas Unbekanntes. Ich weiß, ich sollte hinunter in dieses Loch, das sollte niemand anders für mich erledigen müssen. Aber ich will nicht dort hinunter, noch nicht. Ich, der ich auf so viele Körper hinabgeschaut habe, so viele tote Körper, so viele alte, gebrechliche Körper, bald tot, gerade gestorben, schon lange tot, in diesem Körper bin ich wirr in meiner Zustimmung.

Mein Sohn stand auf der Metallstufe des Zuges und sein ganzes Selbst war offen, strebte zu mir. Zu mir, der ich alle Knöpfe seines Mantels zugeknöpft hatte. Ich, der ich sein Haar nach hinten gestrichen hatte. Ich bewegte meine Hand, und es war wie eine Art Winken, eine Geste ohne Bedeutung. Wie hätte dann irgendetwas von Bedeutung sein können? Er schaute mich an und ich wusste, dass er wusste, was ich gesagt hatte – dass ich in ein Loch fallen würde, dass es mich dann nicht mehr geben würde. Dass er mich niemals wieder sehen würde. Aber was er darüber wusste – was es für ihn bedeutete, diese Dinge zu hören oder sie zu sich selbst zu sagen: Davon habe ich nicht den Hauch einer Ahnung.

Ich rieche den nassen, schwarzen Dreck und erinnere mich an die Tage im Garten, an denen es möglich gewesen wäre, aufzustehen und zu meiner Frau zu laufen oder aufzustehen und zu meinem Sohn zu laufen. Aber das habe ich nicht getan. Ich habe mich mit Petersilie, Süßkartoffeln oder dem Unkrautzupfen beschäftigt. Ich hatte so vieles und alles auf einmal. In diesen Gedanken ist zu viel Licht. Überall Licht. Es löscht mich aus. Ich weiche zurück.

Mein Grab und mein Grab und mein Grab.

Ich habe Angst, denn ich weiß, dass es dort niemanden gibt, mit dem man sprechen kann, niemand ist zu sehen. *Da ist niemand in diesem Loch.* All die Dinge, von denen ich geglaubt habe, sie würden geschehen – dort können sie nicht mehr passieren. In diesem Loch wartet niemand auf mich.

Einmal holte ich meinen Sohn von der Schule ab, und als ich ankam, war er in der Ecke des asphaltierten Spielplatzes, und ein paar Jungen waren bei ihm. Sie drängten sich in abscheulicher Weise um ihn, und er drückte sich in den Zaun. Vielleicht hatte er sogar seine Augen geschlossen – ich war zu weit entfernt, um es sehen zu können. Einer der Jungen sagte etwas zu ihm und die anderen schüttelten sich, ich nehme an vor Lachen. Ich kam zum Rand des Spielplatzes und rief seinen Namen, ich rief ihn, und die Jungen rissen sich los. Sie gingen weg, an mir vorbei, und sie waren so glücklich, die reine Freude der Jugend – eine Freude, die weder gut noch böse ist, sondern all das übersteigt – und als ich mich meinem Sohn näherte, blieb er dort an den Zaun gelehnt, seine Hand umfasste eine alte Ranke, die sich durch die Maschen des Zaunes schlängelte. Ich rief ihn wieder und wieder und als ich seinen Namen direkt neben ihm sagte, kam er zu mir.

Es gibt so vieles, das furchtbar war, und von all dem kann ich nie sagen, was davon er gefühlt hat.

Und jetzt gibt es eine Zukunft, seine und nicht meine; ich stelle mir alles vor, aber vor meinem inneren Auge sehe ich seine Rückkehr nicht, er wird woanders hinfahren, weiter weg. Mein Sohn wird den ganzen Tag mit dem Zug zum Kreisbahnhof reisen und dort wird er in den nächsten Zug umsteigen und er wird Tage und Tage und Tage unterwegs sein – viele Tage, bis er an dem Ort ankommt, zu dem er reist. Nach vielen Tagen, nach einer beinahe unendlichen Distanz, wird der Zug bei einem kleinen Bahnhof in der Nähe von nichts Besonderem anhalten. So weit wird er fahren müssen – bis der Zug fast in der Nähe von gar nichts ist. Der Zug wird anhalten, die Metallbremsen werden knirschen. Der Schaffner wird sich umschauen. Der Schaffner wird meinen Sohn auf dem Platz finden, den er sich ausgesucht hat, einen Fensterplatz, von dem aus er hinausschauen wird. Mein Sohn wird dann schon an das Reisen gewöhnt sein. Er wird den Zug lieb gewonnen haben. Der Schaffner wird ihm beim Aufstehen helfen, wird ihm seine Tasche bringen. Sie werden zusammen zum Ausgang gehen. Während der Reise, einer Reise, die Monate dauern wird, vielleicht sogar Jahre, wird der Schaffner meinen Sohn lieb gewonnen haben. Sie werden zu Teilen des Zuges geworden sein, zu Teilen der andauernden Reise. Aber es wird die Zeit gekommen sein zu gehen; sie werden sich umarmen. Mein Sohn wird aussteigen und am Bahnsteig stehen. Dort wird er stehen. Der Zug wird weiterfahren.

Jemand wird in einem Auto auf ihn warten und auf ihn zulaufen. Vielleicht wird es mein Vater sein oder meine Mutter oder meine Frau. Sie werden einander erkennen. Niemand kennt jemand anderen auf diese Weise – so innig werden sie einander bekannt sein. Sie werden einander in die Arme fallen. Sie werden voller Freude ins Auto steigen und ein kurzes Stück an grünen Ufern entlangfahren, und sie werden sich dabei einem Haus nähern, dem Haus, in dem ich geboren wurde, oder dem Haus, in dem sie, meine Frau, geboren wurde. Ihre Eltern werden da sein, oder meine, oder vielleicht werde sogar ich da sein. Das Auto wird beim Haus ankommen, und es wird eine solche Freude sein, dass ich es gar nicht ausdrücken kann. Mein Sohn wird zu jeder einzelnen Person sausen, und sie werden ihn empfangen, und er wird ihnen alles über seine Reise erzählen. Er, der als Einziger übrig geblieben ist, der einzig wahre Zensus, er, dessen Augen alles gesehen haben, dessen Herz alles gefühlt hat, er wird ihnen davon berichten, und an diesem Ort, diesem unmöglichen Ort, wird alles, was er sagt, verstanden werden wie nie zuvor – und wird sich weit über das grausame Würgen dieser Erde erheben, die mit ihrem Maul zubeißt und mit ihren Zähnen spuckt, diese Erde, die niemals gibt, ohne zu nehmen.

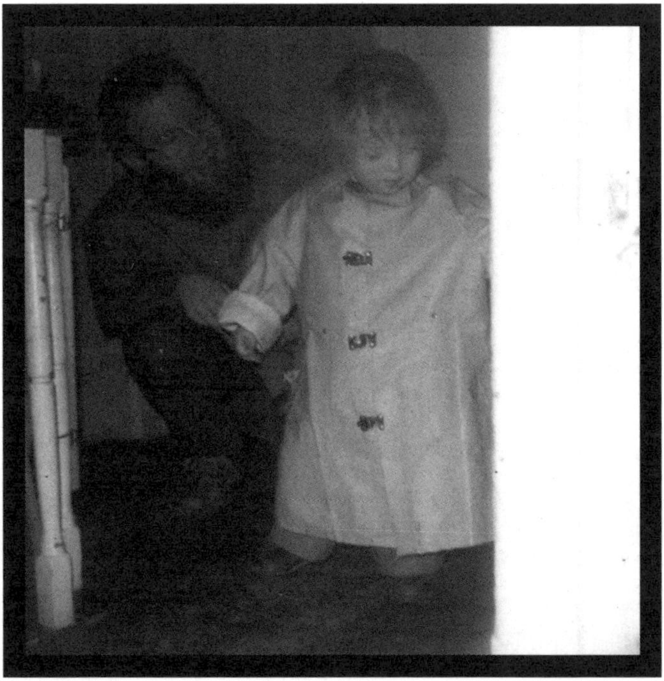